别把蟑螂放心上

赵方任 —— 著

图书在版编目（CIP）数据

别把蟑螂放心上 / 赵方任著. —北京：北京联合出版公司, 2017.2
ISBN 978-7-5502-9788-3

Ⅰ.①别… Ⅱ.①赵… Ⅲ.①散文集—中国—当代 Ⅳ.①I267

中国版本图书馆CIP数据核字(2017)第023927号

别把蟑螂放心上

著　　者：赵方任
选题策划：后浪出版公司
出版统筹：吴兴元
责任编辑：管　文
编辑统筹：马国维
营销推广：ONEBOOK
装帧制造：墨白空间·黄海

北京联合出版公司出版
（北京市西城区德外大街83号楼9层　100088）
北京京都六环印刷厂印刷　新华书店经销
字数124千字　889毫米×1194毫米　1/32　5.75印张
2017年3月第1版　2017年3月第1次印刷
ISBN 978-7-5502-9788-3
定价：32.00元

后浪出版咨询(北京)有限责任公司 常年法律顾问：北京大成律师事务所
周天晖 copyright@hinabook.com
未经许可，不得以任何方式复制或抄袭本书部分或全部内容
版权所有，侵权必究
本书若有质量问题，请与本公司图书销售中心联系调换。电话：010-64010019

自　序

　　2015年新年的时候，有一家日本电视台做了一个简单明了的问卷调查：

　　"价值一万日元的最高档的松阪牛肉和三千日元现金，如果没有任何条件地白送给你，你会选哪一个？"

　　一起看电视的老年人和中年人大都嚷嚷着：当然选牛肉。可作为调查对象的大学生们却几乎众口一词地回答：选现金。

　　问及大学生们选现金的理由时，大家的回答也很相似，大约有两种：

　　1. 再好的牛肉也只能吃一顿，可三千元够我吃四五天的了——这是现实派的回答。

　　2. 选现金多自由，爱干什么干什么——这是个性派的选择。

　　然而，这项调查并没有就这么结束。电视台选了十个"现金派"的大学生，然后把他们带到日本顶级牛肉"松阪牛"烤肉店，当着他们的面儿，现场烤了一些最高档的松阪牛。然后又对大学生们提出了同样的问题。——"选牛肉还是选现金？"

　　结果这次，十个人都毫不犹豫地选择了松阪牛——原来，年轻人因为对最高档的松阪牛没什么概念，想象不出它的妙处，可现金能干什么他们却是再熟悉不过的了，所以大家才会选择现金。

　　我们面临一项选择的时候，什么才是最重要的决定因素呢？

面对牛肉和现金，你的判断标准又是什么呢？

需要吗？心情吗？价格吗？食欲吗？经验吗？……还是其他什么？

2014年年末，有一件很"爷们儿"的事震撼了日本棒球界：原美国职业棒球扬基球队的日本人投手黑田博树，拒绝了美国球队21亿日元年俸的邀请，选择了回归培养了自己的日本广岛队，年俸只有4亿日元左右。

一时间关于黑田"爷们儿"抉择的报道铺天盖地。即使收入只有五分之一不到，却依旧选择回归日本队，关于这一做法的理由，媒体也报了很多：

1. 离开广岛队、去更高水平的美国职棒挑战的时候，黑田曾说过"最后还会回来"，他是为了实践自己的诺言。

2. 他对培育了自己的广岛队的爱，促使他最终放弃了高年俸。

当然，也有一些相对"负面"的分析：

3. 黑田在日本和美国合计共取得了182胜，而200胜是"无条件"进入棒球殿堂的条件。所以，有分析认为，对于40岁的黑田来说，回到水平相对较低的日本棒球界，也许更有利于取得200胜。

人生要面对的选择太多了。看新闻的时候，忍不住自问：如果是自己的话，会怎么选择？——对于每天在为生活奔波的自己来说，估计"当然"会毫不犹豫地选择21亿的高年俸，可对于已经赚到上百亿的人来说，"钱"的魅力可能会降低一些，相比，"诚信"、"诺言"、"爱"、"可以青史留名的记录"等，也许会产生更大的影响吧。

可是，这难道是说：有钱人就比没钱人更重视"诚信"之类的吗？

很显然不是这样的。

我们每天都可能要面对很多的选择。面对选择，我们怎样才能做出"不后悔的"、"不违我心"的判断呢？特别是遇到重大抉择的时候，我们该以怎样的心情去面对呢？

越是重要的场面，越能看出人的素养和心胸。

下面讲一件自己的事情。

就在写这篇自序的时候，我却惹起了一场小小的车祸。事情是这样的：孩子参加骑马俱乐部，早上有训练，要赶6点24分的电车，因为是冬天，所以想让我把她送到车站。我掐着时间去开车，没想到前一天晚上下了点儿雨加雪，前挡风玻璃和两侧窗户的玻璃都结霜冻上冰了。赶时间嘛，急急忙忙地吹起热风，好容易前挡风玻璃的下半部化开、能看见了的时候，我就开出去了，可侧面窗户玻璃还是看不太清楚。结果，出了家门左拐上马路的时候，因为左侧视线受影响，剐上了左侧的行人。

万幸的是，只是"轻微接触"，行人都没有摔倒。

不过，后面的事儿就啰唆而麻烦了。叫警察、录事情经过、等交通搜查员、记录现场情况、联络保险公司……

可是，自己在整个过程中的心境却让自己都觉得很不可思议。

按理说，"我要是再注意一点儿就好了""一定得注意下不为例"等，这也许应该才是最该有的想法吧。可是这种想法我却几乎一点儿也没有。在我脑海里翻来覆去的却是别的东西：

  1. "私了"应该会比经过警察，然后用保险赔偿少花好几万块，不过，私了的话，万一以后对方赖上自己可就麻烦了。看来，还是得找警察。

  2. 用保险，表面看着似乎现在不用自己花钱，但以后保险费上涨，总的说，还要损失七八万日元吧。就为送个孩子，太不值了。早知这样，还不如让孩子打车去了呢。

  3. 唉！虽说有保险，虽说只是轻微碰撞，可谁知道对方会不会提出什么意想不到的额外要求。真是倒霉——没有完全解决之前，就是不安心。看来还得担心一段时间。——后来还真印证了自己的这个想法，保险公司调查、理赔不理赔纠纷等，就这么点儿"小事儿"，竟拖了一年半左右。

  人生中，我们似乎经常得面对不得不做抉择的场面。
  习惯性地以得失来衡量、来取舍的人应该不在少数。
  一份担心、一份忧虑往往会持续很久，而且通常会比"快乐"持续得更久。因为心里更"在意"。

  有没有什么办法能让我们在面对忧虑、面对压力的时候，淡然处之呢？
  有没有一种方法，可以让我们在不管遇到什么事情的时候，都可以最直接地、不必纠结地做出自己"正确"的判断呢？
  有什么东西可以让我们在逆境、在哪怕是最低谷的时候，也能够平平静静、快快乐乐地活着呢？

答案是：有的。

我觉得我在《心经》中找到了这个答案。

最初接触到佛教，是在大学的时候。

记得一位老师说过这样一段话，给我留下了深刻的印象：

中国人的信仰其实是非常值得商榷的，比如佛教，很多人都去寺庙拜佛，甚至在家里供着佛像，但这真的能称为信仰吗？就说我们在寺院里经常会看到的"有求必应"四个字吧，从正面说，表示佛祖很灵，值得我们供奉，但那是佛祖的"能耐"。反过来，我们的心理状态呢？我的"要求"你"应验"了，我就信你，可我的"求肯"你没有"应验"，那是不是就表示今后将不再相信，或可以不信了呢。"有求必应"如果不灵，其结果自然是"不应则不求"嘛！——其实，这种信仰还不如说就是一种"实用主义"。

后来，因为自己是学古典文献的，所以毕业实习去了敦煌，接触到了更多的佛教文化。自己也去看过很多名寺古刹，但也仅仅是走马观花的旅游而已。

再后来有一天，爸爸妈妈突然宣布他们信佛了。家里供上了观音菩萨，定时还会上香。原因很简单，爸爸妈妈身体不好，久治不愈，最后把希望寄托在了佛家，寄托在了观音菩萨身上。

我再次切身感受到了信仰的"实用主义"。细想想，在中国，拜佛烧香的人里面，因为病痛而加入信者行列的，似乎相当多。难道佛教的智慧只有在我们遇到痛苦的时候才有用吗？

——这是我写这本书的最直接的动机。

再后来，我来到日本生活。有一天孩子回家说，"我们班有一个同学的爸爸是和尚，就是前面一条街的那个寺院的和尚"。我的第一反应就是，"你别胡说八道"。可后来稍微确认了一下，证实孩子说得没错。我还去实地看了看，和尚一家就住在寺院的边儿上，丈夫是住持，妻子帮着打扫卫生、管理财务等，孩子们和其他家庭的孩子没有任何区别，正常上学、正常吃喝、正常玩耍。

是的，日本的和尚是可以结婚的。后来查了一下资料，这是明治维新时代的"政令"变革带来的结果。

不同的流派规矩多少有些不同。但是，我突然感觉到佛教并不是一个离我们很遥远的"另外一个"世界，佛教就在我们的日常生活之中。这么说，并不只是因为"可以结婚"这一个事例，我们中国人原本不就是把"佛"拿来"实用"的嘛。那么，佛的智慧、佛的教诲、佛的价值观等等应该就在我们的日常生活之中啊。

我突然觉得，关于"佛"，我有好多话要说。可又不知道从何说起。

2014年有机会去苏州的寒山寺，无意之中看到了寺里播放的"讲经"录像。——是的，"讲经"这种方式不正适合我这个没有多少佛教理论基础的门外汉嘛。

这本书以讲经的形式展开。我是有意也尽量用直白的语言把"经"讲得通俗易懂，但自己写惯学术论文的毛病还是改不了，文中可能会有很多生僻、艰涩的词汇和论述，那是我能力的不足之处，还请大家原谅。

另外，这本书不是论文，也不是辩论集，所以不求论证严谨，更不求笔锋犀利，我努力希望能把它写得像随笔一样，信笔而来，天马行空。另外，既然是讲经、读经，有共鸣才有意义，所以书中尽量选用身边的真人实事儿来说事儿，不求引经据典，也尽量不拿什么伟人、历史大事件来证明什么东西，因为那些实在离我们现实的生活太远了。

也许这本书有点儿琐碎，但琐碎才贴近现实。希望这些琐碎的文字能如春风拂面一般，淡淡地来、淡淡地去，留下丝丝回味。诸君闲暇之余，翻开来淡淡地读上几页，我就非常满足了。

最后，我还想再强调一句，我写这本书的目的只有一点：

佛的智慧就在我们身边，我们大可拿来"实用"，而不必非要等到我们苦病烦心时才去"临时抱佛脚"。

笔者 于东京

目　录

自　序　　　　　　　　　　　1

吃·喝　　　　　　　　　　　1

玩儿·乐　　　　　　　　　　13

名　牌　　　　　　　　　　　21

人　生　　　　　　　　　　　31

平常心　　　　　　　　　　　41

有常·无常　　　　　　　　　53

摩诃般若波罗蜜多心经　　　　63

敬　畏　　　　　　　　　　　161

吃・喝

这是两幅日本街头流浪汉的照片。

他们露宿街头，用捡来的塑料布、纸板箱、各类服装搭一个自己的小窝。其中的很多人靠捡些空易拉罐儿或旧杂志卖了换点儿食物果腹。他们大都切断了与正常社会的交流，过着单独的或小团体的生活，却遵守基本的社会常识，比如不大吵大闹、不扰民强要，坐电车会买票，扔垃圾会分类。但同时他们经常会遇到警察的驱赶，偶尔还会遭到不经事儿的年轻人的欺辱和袭击。据日本官方公布的调查结果，长期的露宿生活让他们中的绝大多数人的智力退化了 20%~30%。

其实他们中的很多人原先都是普通的工薪族，突然的失业或家庭变故把他们推上了街头。在日本，找工作要投简历，要面试，这些不仅要花钱，还需要固定的住所。然而，要租房子，就要交相当数额的押金等等，这就形成了一个悖论怪圈儿，等于基本上关闭了他们重返社会的大门。

在他们之中,偶尔也会见到一两个女性。但据说很多无家可归的女性会选择住在最便宜的 24 小时营业的"网吧"里,没法携带的大件行李便寄存在车站的寄存箱里,然后以投身"风俗"或近似的行业维系自己的生活。

如果在街头看到这样的流浪汉,看到他们"香甜"地在吃一碗方便面或被商家扔掉的过期的面包,你会有些怎样的感想呢?

关于前面那两幅照片,我们先放一放。
关于《心经》,我们也先放一放。
我们先来聊几个日常中的、身边的话题。

大学毕业实习,去的是敦煌莫高窟,住在莫高窟下面的敦煌研究院里面。

当时,敦煌还没有通飞机,旅游业也不是特别兴盛,研究院的生活很清苦。对于二十刚出头的我们来说,最痛苦的是:吃不到肉。也就十来天的功夫,弄得全班人都馋得跟饿狼似的。

实习结束后回到敦煌县城,第一顿饭"竟然"是肉包子。

第一盘儿堆得像小山一样的包子转眼之间就见了底儿。接着的几盘儿也几乎都是"秒杀"。

当时的感受,过了二十几年,早已经忘得干干净净了。只依稀记得每个人都吃得顾不上说话,眼睛盯着厨房的门,只希望下一盘儿包子尽快端上来。想来,当时大家应该都是沉浸在

"幸福"之中吧。

那之后，北京烤鸭、海参鲍鱼、美国的牛排、法国的鱼子酱、日本的生鱼……美食吃了不少，却好像再也没有找到过敦煌那几个包子的"快感"。

偶尔去横滨的中华街闲逛，随处可见日本人捧着直径足有十几厘米的大包子，当作"中华美食"，站在街边一小口一小口地细嚼慢咽，一副舍不得太快吃完的架势，心里便不仅会想，一个包子有什么好吃的，日本人真是不知道中国美味的奥妙。要知道，那一个包子要卖到三十几块人民币呢。

自己早已经忘记了当年吃敦煌包子的"感动"。

是啊。一个馒头给予一个饿极了的乞丐的"快乐"和给予一个每天吃山珍海味的人的"感觉"，肯定是天壤之别的——"口福"越多、美味佳肴的阅历越多，岂不是"幸福的感觉"越难找到。

我们对美食的欲望其实正在扼杀我们在饮食上面能够获得的"幸福指数"。

一个包子就可以得到的"快乐"，如今一桌酒席也得不到了，这岂不是一种不幸。

现在上初三的女儿最近有了一句口头禅：人生乐趣的三分之一是"美食"。

听得多了，偶尔我会调侃地问一句：那另外的三分之二是什么呢？

女儿回答不上来，却一副坚信的样子：不管其他的三分之二是什么，美食这三分之一是绝对不错的。

调侃归调侃，其实自己内心里是非常羡慕女儿的。

因为那是一种最朴素的、不掺任何杂质的幸福感。

不知道今后女儿尝到的美味越多，嘴就会越刁，这种幸福感是否会越来越少呢？

这听起来似乎有些荒唐。"食色性也"，饮食这一人生最基本的欲望，可选择的余地大了，幸福感怎么会反倒少了呢？——这话听起来有些道理，可前面说的"敦煌包子"的感想又作何解释呢？

要是从理论上说，其实这只是提高了幸福指数，提高了幸福的"质"，那自然"量"就会有所下降。

问题是：我们真的需要不断追求更"精美"的饮食吗？

说白了，所谓幸福感越来越少，其实只不过是我们的欲望越来越大了。

翻开三十多年前出版的《美国国民健康白皮书》《日本传统饮食》等著作，都会出现"过度的营养摄取将会严重危害国民健康，降低综合国力"的论述，其中不乏"'生活习惯病'将成为威胁人类健康的最大敌人"之类的警示。很不幸，三十多年前的预言，现在变成了越来越清晰的现实。所谓的"提高了幸福的质量"只不过是一句不懂之人的自欺欺人的庸人之言罢了，只不过是我们败在了"口腹之欲"这一人类最基本的欲望面前的一个托词罢了。

佛教僧侣中有"过午不食"的习惯。最初在书里读到这一点的时候，只觉得"那怎么可以？"，就算和尚们早睡早起，就算和尚们的"工作时间比较自由",但长年不吃晚饭,岂不要营养失调?不过,历代和尚们长寿的那么多,又似乎说明人家的做法是对的。

直到自己过了四十岁,才终于发现,晚饭就多吃了那么两口,半夜就会肚子胀,胃酸就会出来折腾人,反倒是少吃,甚至干脆不吃晚饭,会觉得神清气爽,会觉得早饭、中饭更美味可口,试了几次"过午不食"之后,连饿的感觉都没有了。虽然没有大鱼大肉、大快朵颐的"畅快",但那种绵绵的、淡淡的舒适感却要长久得多得多。

——在饮食上知道节制,我花了四十多年的时间。

一个人理解自己最基本的"需要",竟然要绕这么大的一个圈子。

就说家里的一日三餐吧。吃饭时碗盘里出现了些剩饭剩菜,我想这在每个家庭都是最最常见的事情啦。在我们家,以前大都归我"打扫",毕竟觉得扔了可惜、存放麻烦,于是不管肚子需要不需要,都装进肚子里去。现在想想,自己简直已经变成了一个垃圾箱而又不自觉。

饮食原本是人类最基本的需要、最基本的欲望,当然也就是人类最基本的快乐。然而,在这个"最基本"的上面,我们又额外、人为地加上了各种杂质要素,让这个最基本的快乐减低、消失,甚至让我们的心情不再平静。

比如,请客时,酒桌上的那些大鱼大肉、海参鲍鱼,有多少只是为了装面子呢?比如,酒过三巡,宾主尽欢之余,为什么还要一瓶接一瓶地继续开酒?难道我们的友情表现一定要借助山珍海味、酒瓶成山来表现吗?

就说前面照片中提到的日本流浪汉吧。现在生活在日本，几乎每天上班途中都会看到这些流浪汉。每当看到他们坐在街边那"并不属于自己的领地"里，裹着大概是捡来的肮脏而又破旧的衣服，捧着一盒方便面吃得非常专注的时候，我知道这个时候他们是幸福的。至少这个时候他们不会怨天尤人，不会埋怨社会对自己的不公平，不会再去担忧明天会怎样，因为他们在充分享受食物的美妙。

我曾经和乞丐坐在街头一起喝过啤酒，吃过肉馒头。

那还是大学时代出去旅行时的事情。在街头偶尔看到几个乞丐蜷缩在屋檐的阴影下，自己便很冲动地去买了几瓶啤酒和几个包子，邀请几个乞丐一起坐在地上边吃边聊了一会儿。都聊了些什么，是一点儿也想不起来了，不过乞丐们是高兴的，自己也是高兴的。乞丐的高兴应该是来自食物，而自己的高兴则来自优越感带来的心理上的满足。记得自己当时大概都有了一种"微服私访、体察民情、与民同乐"的错觉，还有就是自己善于"社交"的"快感"。

后来在杂志和网络上看到过几篇类似的"与乞丐同乐"的文章。别人的心理我不敢说，但现在想想，只能用"少年不更事"来解释当时的自己吧。拿出自己的余力分些食物给最需要的人，这本来是多好的一件事。可为什么非要在与他人的比较中，用"优越感"来寻求自我满足呢？

记得有一位农民工曾在杂志上撰文说，自己从农村来到城里打拼，到能像城里人一样坐在咖啡店里喝一杯咖啡，用了18年的时间。字里行间流露出一种自豪。这种自豪是经过努力的人理所应当得到的。只是不知道这位不知名的农民工现在如何了？不知道是否还记得那一杯咖啡的感觉？

也许当时喝的只是"心理"，咖啡并不是他的所爱。也许现在街边小店的一杯咖啡早已经入不了他的眼了。

这位农民工的心理我是亲有体验的。

记得来到日本打拼之初，在一家日本寿司店打工。打一个小时工的工资不够在店里吃一顿普通的午饭，要想喝啤酒的话，大约只能喝一瓶半吧，当然，下酒菜是绝对买不起的。当时看店里的客人，是一种艳羡的目光，也曾想象，如果自己能在店里好好儿喝上一顿，那该是多么舒畅的事情。如今二十多年过去了，自己也有了去任何一家饭店吃饭的经济实力，当然也曾回到那家店吃过几次饭，却一点儿也没有体会到自己曾经想象过的"舒畅"的、"让人艳羡"的感觉。不是自己的"口味"变了，而是物质能够带给自己的幸福感弱了。另外，现在的自己也终于明白了"物质能够带给人的快乐实在是太有限了"的道理，自己也基本上能够不再以物质的多寡、贵贱来衡量自己的成功与否了。

说起日本的饮食，在花色种类方面，那和中国是没法比的。一般的面向家庭型的料理店，大约也就有十几个菜可供选择，待得久了，经常会出现进了饭店翻遍菜谱，却找不到什么特想吃的菜。而且各家饭店的菜谱又很有些雷同。真的是远不如咱们中国菜的丰富多彩。

其实，在历史上日本对饮食的重视程度就不如中国，至少在数量和豪华程度上完全可以这么说。比如日本幕府将军的膳食，不要说比不上中国的皇帝、王公贵族，恐怕连中国的一个小业主都比不上。大家知道，日本漫长的幕府时代是武士社会，大家认为过度追求饮食的精美，是有违武士道精神的，所以不太重视饮食，甚至经常会避开饮食的话题不谈。而中国则是文人社会，文人们往往把饮膳作为自己的闲情逸致来看，作为自己修养的一环来看，所以像《随园食单》《饮膳正要》这类的著作就出了不少。在文人的推波助澜下，中华菜系不断花样翻新，烹饪手法也是层出不穷。

不过，日本菜也自有其特色。

大约可以归纳为两点：

一、重视食材应季应时的季节性，少用浓烈的调味料，尽量发挥食材的天然特色。这和重视调味料多重使用的中国菜形成了鲜明的对照。

二、重视装盘技艺以及菜肴与器皿的搭配美学。正因为如此，日本料理又常被称为是"用眼睛来品味的料理"。

就说现在正在世界各地人气大涨的日本生鱼片吧，要说烹饪技法，大约只是用刀"切"罢了，调味也只是酱油和辣根两样——吃的是食材的原汁原味儿。但在装盘儿上非常有讲究：用瓷盘儿、用木船、用漆器；贝类配原装的贝壳、鱼类配自身的鱼骨；讲求几种生鱼配置的层次方位，讲求生鱼颜色的搭配，讲求鱼与贝的主次等等，这种讲究可以说是日式料理的代表。

注重复杂的味觉和深湛的烹饪技艺的中华菜，注重食材原味和视觉美感的日式菜，可以说是两种美学的直接表现，未必分得出谁优谁劣。

不过，追本溯源，讲求"亲和自然""天人合一"，其实是我们老祖宗道家的"看家本领"。就说日本菜的这两大特色，其实也都是我们的先人曾经追求过的极致。再比如我们喝的茶，在明代以前都是以砖饼茶为主的，到了明代散叶茶才成了主角。而散叶茶之所以能成为主角，一是为了降低制造成本，另一个更重要的原因就是：散叶茶更能体现茶的自然原味。

我们实在不应该忘了还有"自然"这种吃法，乃至活法。

日本有两个电视节目，很发人深思。

一个是"给艺能人排行"。

找来一些知名的演艺界人士，让他们同时面对一贵一贱、价格悬殊的同一种东西，比如100万日元的红酒和5000日元的红酒，比如2万日元1斤的牛肉和1千日元1斤的牛肉，比如1亿日元的小提琴和10万日元的小提琴，然后让他们通过味道或音色来判断哪个贵哪个贱。按照电台的设计，最初，所有参加者都是同等待遇，比如都有沙发可坐，可输一次就降一个档次，最后就只能坐地上了——很有意思的节目。

不过，节目办了好多年，基本上是输的多赢的少，能够保持二三十连胜的只有一个人。而且多数人即使赢了，也是靠猜、靠撞大运才赢的，赢也赢的很没有自信。

另一个节目则是"看动物的识货能力"。

比如拿一贵一贱、价格悬殊的牛肉给狮子、老虎，看它们是选择贵的还是选择贱的。

让人类很汗颜的是，不管是狮子、老虎，还是猴子、猩猩，都毫不犹豫、而且无一错误地选择了"贵的东西"去吃。

也许是过多的"添加"破坏了我们对美好食物的判断能力，也许"注重天然"才更符和我们人的本性。吃喝上如此，细想想，生活的哪一个方面又不是如此呢？

蛇足

日本电视里料理节目特别多，旅游节目或介绍地方特色的节目中也经常会出现料理的内容，所以电视里常常会出现嘉宾品尝各色美食的场面。有意思的是，不管是怎样的嘉宾，也不管吃的是什么，给出的"评语"却基本上都是一样的——"好吃"——顶多是表达方式或用词略有不同罢了。

我想，大家都这么说，应该有"不能因为自己的'好恶'而影响人家生意"的因素，但更重要的应该是"对辛辛苦苦接待自己的人的一种尊重"吧。

然而，曾经有一位朋友哭着跟我说，她在家里请婆家人吃饭，提前几天做计划、提前好几个小时做准备，使出浑身解数做了一桌子菜，没想到却遭到婆家人一连串的"太咸""太淡"

之类的"不好吃"的攻击,就连她最拿手的、一向备受好评的"水果色拉"都被批评为"非常识"——大概是因为婆家人只吃"蔬菜色拉"吧。这位朋友事后想对自己的丈夫发火,可丈夫又是"无辜"的,结果她只好把自己哭得两眼通红了。

类似的体验我也有过。请国内来的朋友去吃日本寿司,点的是套餐,里面除了各类鱼、贝、虾等之外,还有一块儿煎成长方形的鸡蛋。吃过日本菜的朋友应该都知道的,有的鸡蛋上面还刻有店铺名字,蛮好看的。再说句题外话,那块儿煎成金黄色的鸡蛋,一般被认为是检验一家寿司店味道和手艺的"试金石",做起来不难,要做得好吃、做得精妙可就难了——没想到朋友竟指着煎鸡蛋说:这是什么破玩意儿啊,现在谁还吃煎鸡蛋啊。——当时我就在心里想,下次但凡能找到借口,我绝不再请他吃饭啦。

其实,尊重别人才能得到别人的尊重,也就是尊重自己。

日本人很少请人到家里作客,更少在家里请客吃饭。笔者到日本二十多年,因为经历了留学生、打工仔、正式职员、公司经营、大学教师等多次身份的变化,社交面绝对不是"窄"的那类,而且自己也不是很"宅"、不擅长社交的那种类型,可二十多年里,到日本人"家里"作客吃饭,全算起来大概只要一只手就数得过来吧。不过,最初自己却还保持着中国人的好客传统,经常请日本人到家里吃饭。后来发生了两件让自己有些"心寒"的事情,自己请人到家里来的事儿也就少下去了。说是两件事儿,其实就是"两句话"。

有一次,一个客人吃饭的时候说到:我觉得你们中国人真能干，一顿饭就做这么多菜。——喂！不要搞错，我心里想，是因为重视你们几位客人，才做这么多菜的。

还有一次饭后闲聊时，一位号称在家不怎么做饭的"主妇"客人说：中国菜好像很简单嘛，看你二三十分钟就弄出来十多样菜。菜不够的时候，去厨房三两分钟就又能端出来一道菜。真羡慕你们会做菜的人啊。——喂！开什么玩笑，我差点儿没直接说出口：中国人讲究"不让客人久等"是礼貌，二三十分钟？那只是最后下锅炒一下罢了，事先我们做了好几个小时的准备呢！

还有这么一个熟人，是日本名牌大学汉语专业毕业的，估计是在学习中国文化时听谁说的：中国人请客吃饭不能让盘子见底儿，要有剩余，否则就是失礼。可这位日本人学文化没学明白，到我们家作客的时候，不管吃什么，蛋糕、水果、点心、菜肴，都在自己的小碟子里给你"剩"那么一点儿。

我们常说"不知者不怪"，其实很多时候的"不知"只是以自我为中心、不努力去了解对方、不站在对方的角度想问题罢了。

玩儿·乐

想当年，悟空、八戒、沙僧、白龙马护着唐僧去西天取经——那是工作，而且还是高风险的探险型工作。而如今我们去丝绸之路、去沙漠雪山、去中亚、去印度——那是旅游，而且有了汽车、有了飞机，有人接待，有宾馆饭店，既可以品尝当地的美味佳肴，又可以买些当地的土特产做纪念。

能把古人的工作当作自己的游玩，和古人比，我们幸福得多了。

想当年，苏东坡也好、王守仁也好，在政治生活不太得意的时候，都曾在居家附近自己开辟菜园，自己动手种些蔬菜作物补给自己的餐桌——那是为生活所迫。

而如今，有条件的人会在自己的庭院中种些花卉蔬菜，即使没有那个条件，很多的城里人也会偷闲到农村去体验农家之乐——这是一份消闲。

能把他人为了生活的"不得不为"化做自己的闲情雅致，我们岂不是幸福得很。

想想古代的王侯将相，甚至是皇帝皇后，虽说我们没有亲眼见过，但在书里、在电影里也见得多了，过生日、迎新年，或者是举行什么大型的游玩活动，也不过就是赏赏花、赏赏月、喝喝酒，再叫个戏班子、听听大戏罢了。想想，我们现在的娱乐可比王侯将相们多多了。那些舞台戏剧，在我们的娱乐排行榜中,似乎早已经被挤到了角落,广播电视、电影音乐、网络手机、游戏电玩、书籍杂志,我们可以拿起手机到大街上抓"POKEMON精灵"、上网上海淘,可以买张机票去世界各地观光……

我们现代人的休闲选择实在是太丰富了。

不要说和古人比,就是和我们的父辈比,我们也有了太多太多的"物质"优越条件。就说上个世纪七八十年代前后吧,旅游还是个蛮新鲜的事儿,就说我母亲吧,一辈子几乎就没有离开过自己居住的城市。

记得当时去北京看过天安门、看过升旗仪式,去上海买点儿糖果衣料,就足以在亲朋好友的面前"炫耀"一番了。如今,国人们早已经跨出了国门、买空了日本、买傻了欧美人,各国的世界遗产、风景名胜、名山大川、都市海滨,又有哪里少了中国人的身影呢?

可是,我们活得比古人、比我们的父辈更开心、更充实吗?

不和"别人"比,让我们静下心来、抛开人情世故等等诸多杂质要素的影响,客观地思索一下自己的生活:"旅游""游玩"等等,真的让我们"休闲"了吗?那么,日常生活呢?——畅快的时候、焦虑的时候、平静的时候、抑郁的时候、愤怒的时候,哪个多哪个少呢?

写到这儿,我不禁想起自己每每外出旅游时的情景。带着一脸的疲惫、满身的旅尘回到家里,拿出旅行箱里装得满满的各类礼物,却总是觉得买少了,因为要送或"该"送的人似乎数也数不完;来不及整理到处拍的一大堆照片,心里已经开始琢磨着"落下"的工作的事情了。还记得大学时代自己就下定决心:每次旅游之后,一定要写几篇游记,因为古典游记是自己最喜爱的门类。然而,大学毕业已经二十多年了,却没能拿出一两篇像样的游记来。因为似乎总有各类的事情等着自己,只好把自己的那点儿"兴趣"暂时放在一边了。似乎"兴趣""爱好"总得给工作之类的正经事儿"让道"。

每逢这类时候,自己便不禁会自问:自己为什么去旅游。花钱、花精力、花时间,这不是一个值不值的问题,而是,这就是自己最初想要的吗?

说起来,旅游的种类好多好多:"读万卷书,行万里路"型、休闲放松型、体验挑战型、观光购物型、巡礼修行型、美食美酒型、家庭亲和型、探亲访友型、暂离现实型、无目的的自由漫访型、单一目的的参加型旅游等等,其实哪种形态都好,只要那是我们想要的就好。

可是,大多数的时候,我们的旅程又是如何呢?

二三十分钟看了一个景点儿,然后立刻匆匆赶往下一个景点儿,路上的时间是游玩时间的好几倍——跋山涉水,只为看一眼大家都说"好"的风景,不停的车船颠簸,只为再多把一处景色收入眼底、收入相册。"到此一游",最终又到底能证明我们自身什么呢?

下车照相,上车睡觉——美好的回忆真的很重要,可是我们为什么不好好儿地珍惜现在,非要用现在的大好光阴来积攒未来的回忆呢?

然而,在旅途中,最让我们忙碌的,似乎不是照相、不是看风景、不是品味美味佳肴、不是和亲朋好友畅谈,甚至也不是车船劳顿，而是——在"群"里发布信息、上传照片——我们中国游客似乎每一个人都是当地的观光大使、极尽宣传服务的"职责"。我们的个人旅行似乎已经演变成了"为群里提供信息服务的公益活动"。我们对一国、一地、一个遗迹景观的理解似乎不再是用大脑、不再用感受，而是用照片、用群里的别人的"赞"来实现。

这就是我们真正想要的游玩的形式吗？

"看一斑而窥全豹"，看看我们的游玩"形态"，就可以多少知道一点儿我们的生活"样式"——我们似乎不再是为了自己，而是为了他人对自己的评价，是为了向他人炫耀自己而活着。

忘记了我们自己真正想要的东西，我们又该去哪里寻找自己的真正幸福与祥和呢？

国人在海外的"买！买！买！"震惊了很多国家。然而，"爆买"之风转瞬即逝，旅游的方式也在短期内起了巨大的变化，着实"涮"了很多国家一把。

就以日本为例吧。

最初大量国人来日本游玩，是以大巴为主的。一个景点接一个景点地逛，一个商场接一个商场地买。一批又一批的游客重复着同样的方式。

于是大巴不够了——日本工厂加班加点、加紧生产，人停机器不停。

于是大型商场人满为患——扩建、改造商场，扩大免税楼层，扩招懂外语的售货员工，总之一句话，集中全力面向外国人、抓住外国游客的钱包。然而后来，爆买之风减速，很多商场才发现,自己在不知不觉中挤走了很多日本常客。游客只是短暂的过客。

于是人气的商品供不应求了——便有一家著名的化妆品公司,在爆买之风最盛的时候决定投资建设新的工厂,以增加产量。不知道来也匆匆、去也匆匆的中国人爆买之风过去之后,新建的工厂会不会面临经营危机。

于是宾馆也不够用了——日本高考是在一二月份,正是华人访日的高峰时期。华人游客的大量涌入,使得很多日本外地考生在东京、京都等大城市住不上宾馆,害得日本电视主持人大呼"危机"。便有人出奇招,把原本不大景气的"情人旅馆"改造成面向外国人的旅馆,成为日本一大新闻。

(日本的情人旅馆正在变成接待外国人的一般宾馆)

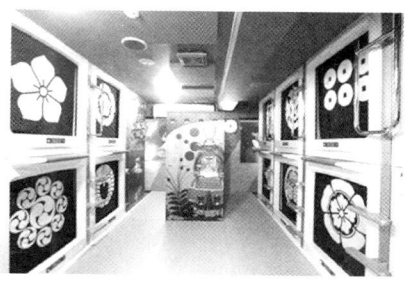
(外国游客激增,造成日本宾馆严重不足。和情人旅馆一起,胶囊旅馆也盯上了外国观光客。)

可是,也就两三年的功夫,日本人突然发现,一部分的中国游客,特别是一些常客开始有意避开一些人气的景区、转向"清净"之地了。其实,出现这种现象很正常,因为走到哪里都是中国人、听到的都是声音很大的汉语,那又何必大老远地跑到日本去呢?——这是中国游客接受采访时的原话。

据日本旅行社的调查，现在特意跑到日本的寺院去体验"坐禅"、去抄写佛经、修行的人增加了不少。其中的一位在接受采访时说出了特意到日本探访寺院的原因，和中日两国的流派差异，和宗教信仰都没有关系——工作累了想静静心、想体验一下"出世"的风情，可是中国的大小寺院，哪一家都是游客人山人海，著名的寺院更是挤得挪不动步，还谈什么清净，还谈什么修身养性。自己没办法，才大老远地跑到日本来逛逛寺庙。

这听着也许有些刺耳，但却实实在在地说出了一个真理：随波逐流、人云亦云地赶时髦，是得不到清净的，当然也得不到宁静的心态。

蛇足

日语里有一个词叫"合コン"（goukon）。似乎是最近几年才流行起来的词汇。不知道该怎么翻译，查了一下字典，翻译成"交友联谊会"，多少有点儿走样——其实就是男女、主要是年轻男女以找"恋人"为主要目的的集团"饭局"或"酒局"。因为"目的明确"，所以酒桌上不管男女，都会对感兴趣的异性积极发问、表现自己。

最近有一个面向女性的问卷调查，问的是"男性的话题中，哪一个最不受欢迎？"

结果可能很让诸多男性们吃惊，因为据调查，几乎每个男性在"合コン"中都会问这个问题：

最不受欢迎话题："休息日你都干什么啊？"或者"休息

日你都怎么过啊？"

女性给出的理由也很单纯明了，归纳起来大约有这么几点：

大部分的周六周日，洗洗衣服、打扫打扫卫生就过去了，这才是日常生活嘛。这样的琐事有什么好说的呢？休息日里能跟着兴趣走，比如去滑雪、去潜水之类的，一年又能有几回？总不能拿非日常的东西当家常便饭来说吧。问这样的问题，会话是持续不下去的。

其实你要想问"兴趣"，直接问就好了，那样聊起来更轻松。

其实最重要的是：你问这个问题或找出这个话题来，到底是什么目的。比如"休息日你一般都去哪儿吃饭啊？"，这至少可以了解女孩儿的喜好，可以为下一步接触做准备。

看来，和"花心思"绕圈子找话题相比，还是"直接"来得痛快，也更有效果。

据说，第一次就问对方住址也很不受欢迎，反倒是"喜欢吃什么东西？"或海外旅游之类的话题有人气。

找男女朋友如此，其实，生活中的哪件事情又不是如此呢？

名　牌

最近国人的购买力确实让日本人大跌眼镜。大呼中国人"有钱"、"厉害"……

日本作为经济发达国家，整体的综合国力、社会基盘建设水准、服务水准等等，都堪称是世界顶级的；各类社会保险、老后保障也还算完备；工薪层的工资收入也算不低。但是，由于经济结构、社会结构以及消费心理等多重原因，一般的日本家庭手头是没有多少积蓄的，特别是中年、青年阶层更是如此。比如，很多家庭要买一台冰箱或电脑，需要事先做个小计划、攒几个月钱才能去买。

在日本，买大件儿或一些奢侈品的时候，听得最多的一句话是：你的预算是多少？——也就是说，事先攒出或"计划"出这笔钱之后才去购买。

还有一件事情似乎可以说明日本人没有多少储蓄的现状：日本的某地方政府做了一个鼓励居民买房的广告，广告中的设定是这样的：三十多岁的主人公，用工作十多年攒下的40万（折算成人民币的金额）积蓄付了首付——广告出来后，却遭到了民众和舆论的一片攻击，而且大家攻击的对象是完全一致的，那就是：三十多岁的工薪族不可能有40万的积蓄，广告太虚假、没有说服力。也就是说，一个日本工薪族在四十岁以前，如果能攒下40万元，就已经是很"惊人"的了。

记得国内网上曾经有过这样一个极端的笑话：一个哥们儿揣着几千块钱上街，本来只打算买个最便宜的摩托车，可没承想，在店家三寸不烂之舌的鼓动下，在一句"你只要再加一点点钱，就能买到更高一个档次"之类的忽悠下，欲望逐步升级，由摩托变成了汽车、又由汽车变成了名车，最后竟然升级到新款BMW7……

笑话归笑话，这种事情在中国是绝对有可能，在日本是绝对没可能的。因为日本人没有"再加一点点的那笔预算"。

所以，看到中国人在日本狂购"名牌"之类的，日本人是真的很傻眼的，惊讶之中还带有艳羡。所以，中国人的"爆买"话题经常上日本电视新闻。上了电视之后，就开始出现了一些质疑的声音——因为有一些现象日本人想不通：

比如，有大款住高档宾馆、吃最高级的料理、喝最贵的酒、买上百万的钻戒送女友、去最高档的银座的俱乐部消闲，但同时却又特意跑去买"旧"的名牌包。——如此有钱，"新"的都可以买一堆，特意去买别人用过的二手货，为什么？日本人想不通了。

再比如，有几位有钱的大妈到名牌店GUCCI（古驰）里面狂购各类包包，然后抱着几万、几十万的名牌包、就坐在名牌店的台阶上吃几块钱的方便面。这张照片据说在国内的网上也传得很疯，想来有很多人看过吧。买得起包，绝对不会吃不起一顿正常的中饭，就算当地西餐不合口味，偌大的巴黎也绝对不会找不到中华料理。为什么？日本人又想不通了。

日本人想不通。我这个离开祖国有几年的华人也没想通。

后来还是一位来日本玩儿的朋友,一句话点醒了我这个"梦中人"。

"名牌包是用来装脸面的,反正用一次就成旧货了,新货旧货谁分得清楚,干脆买旧货还可以省点儿钱。"

"买名牌包是为了回国后在熟人面前炫耀的,花钱是必要的。吃方便面却是另外一回事儿。在海外又没有熟人,不怕被熟人看到。不认识的人看到了又怎样,不会影响脸面的。所以嘛,吃个方便面怕什么呢?"

也不知道这位朋友的解释对不对。对不对都没关系啦,毕竟只是一种社会个别现象罢了。不过,这倒让我想起了一个传统词汇——"衣锦夜行"。

穿着高贵的锦缎衣裳却在夜里行走,没法在大白天让大家都看到——没有比这个更让人遗憾、没有比这个更"浪费"的事情了——这种想法在我国传承已久。

与这个概念同出一辙的则是"衣锦还乡"——发达了,如果不在熟人面前露一下儿脸,那岂不是太遗憾了。反过来说,成功了、发迹了,如果能在家乡熟人面前显摆一下儿,那简直可以称为"享受"。不要说国家级领导人、知名企业家之类的"大成功者",就是我们工薪族、农民工,我想,大多数人都有过这种心理体验吧。

所谓名牌,原本是一种"品质"的代表,然而在我们这里,却变成了一块招牌,变成了一种象征,变成了一种炫耀的工具。

这还不算,竟然有一部分人竟把这种身外之物硬是当成了"自我实现、成功、优越"的象征,而且被这种幻象牵得越走越远。

川端康成的《伊豆舞女》中的"伊豆"是日本的国家自然保护公园，同时也是日本著名的别墅区之一。政治家、企业家、演艺圈人士、医生、大学教授等等，各色人士都在这里买别墅。我有一位在别墅区的不动产公司做支店长的朋友，他经常和我说起一句已经近乎"口头禅"的话："别墅是有钱人自我满足的代表手段"。

不管这句话的代表性到底有多大，但这句话至少说明了一个非常明显的事实——不管是哪国人，也不管你教养如何、财富几多，或多或少都有些追求物欲、追求自我满足的心理欲望，这或许可以说是人类共通的。

从吃、喝，到玩儿、乐，从名牌，到别墅，从日常，到极限探险，追求物欲，可以说是人类最正常的本能，寻求自我满足，可以说是我们心灵慰藉的必要的手段。

只是——就说别墅吧，身边有别墅的朋友一大堆，却从不见谁扛出别墅来炫耀，也从没有一个人用别墅来"证明"自己的成功。因为对他们来说，别墅是用来休闲、用来享受的，而不是用来炫耀的。

别人追求物欲的满足是为了自己，而我们追求物欲却是为了做给别人看。

记得上高中的时候，家里很不富裕，吃穿都很朴素。所以，当家里给买了一双好皮鞋的时候，那份高兴劲儿就甭提了。自然，对自己的新鞋也就呵护有加，时时在意有没有落灰，走路时也特别注意脚下，生怕踢到石头碰出划痕。大概是自己在不知不觉之中太在意"脚"的缘故吧，班里的女同学竟然出了个谜语："班长（鄙人时任班长）穿新皮鞋——打一地名。"

谜底是"好望角"（好望脚）。

现在回想起学生时代的这个话题，自己还是会不自禁地浮现起一丝温馨的笑容，而不会有什么不好意思。年轻人的那一点点虚荣心、那一点点想炫耀、希望被注目的小心思，还是蛮可爱的嘛。可是如果已进中年的自己，还在做同样的事情，那就只是向世人传递自己的浅薄了，不知道会让多少人"恶心"喷了。

现在即使穿上LV（路易威登）、宝格丽、爱德华·格林之类的名牌鞋，恐怕也不会再做出"好望角"的举动了吧。不是自己已经完全超越了物欲的诱惑，也不是自己完全克服了炫耀、自我满足的心理，理由很简单，自己的炫耀指数已经超越了"名牌皮鞋"的档次。

去年换车的时候，由开惯了的丰田换成了BMW（宝马）。一是BMW的一些性能吸引了自己，但绝不排除BMW更帅气、更吸引人眼球的因素。毕竟BMW比丰田更有名嘛。当然，现在的自己应该也不会把带有BMW标志的车钥匙尽量放在所到之处的显眼之处，因为作为一个大学的老师，我更愿意拿"出版了多少本书""自己的书有很多人重视"之类的话题来"炫耀"。

"炫耀"也有档次。

"炫耀"中也能看出一个人的素养。

首先得声明，说这种话，绝对没有"炫耀"自己财力或别的什么的意思，这么说，只是想强调一下一个大家都知道的事实：人对于物欲的追求往往会逐渐升级，而一旦上到更高、往往也是价格上更贵的一个档次，低一个档次的东西往往也就不在眼里了，原先曾是自己炫耀的东西也往往不再是炫耀的资本了。

饥饿时的一个馒头、十几天没吃到肉时的一个包子，带给人的快乐是不可名状的。

吃多了涮羊肉火锅之后，一个馒头、一个包子往往便不再让人觉得那么兴奋了。

遍尝了山珍海味之后，一顿涮羊肉带来的愉悦程度大概也会淡很多很多吧。

儿时的一件新衣、一个崭新的布书包会让憧憬着学园生活的孩童兴奋得睡不着觉。

而这种感觉，我们在 LV、BV、爱马仕身上又得到过多少呢？

对于住着豪华别墅的人来说，一款名包、一辆宝马，大约只能说明一种消费倾向，不再具备额外的意味。

其实细想想，物质能够给予我们的享受和精神愉悦实在是太少、太有限了。

反之，对于物欲的追求、或者说物欲可以给人提供的选择简直是无限的。追求物欲，是一条永远也走不到尽头的漫漫长路。

在无限的世界里，去追求有限的，甚至是越来越低的愉悦，那岂不是太累太累了嘛。佛把欲念看作是万恶之源，大约也就是这个道理吧。

然而，人们还是孜孜以求、不知疲倦。因为追求物欲、享受物欲，正所谓"食色性也"，是人的本能之一。

不过，对于物欲的束缚来说，"经验"是有一定的抑制力的。

住过别墅的人自然会知道，别墅也只是一栋房子，人们享受的是优雅的环境、远离尘嚣的清净，抑或是不被日常的人情琐事打扰的"独自"的空间。知道自己想要的是什么，便不会盲目地去不断寻求。用过名牌包的人自然知道一个名牌包能带给自己的是什么，那么还要不要再买第二个、第三个，自己心中自然会有一杆秤。

反倒是热衷于拿这些东西做给别人看的人，很容易走上不知疲倦的、也许也是没有止境的追寻之路。尽管知道一山更比一山高，尽管知道山上的风景都差不多，但还会一座山一座山地爬下去。因为有别人在看着，而我们对这个"别人"的目光又是那么在意。

不单纯是为了自己使用，更多的是想让别人看到"自己在使用"。

这也许就是几乎所有的世界名牌都在中国长盛不衰、市场份额越来越大的主要原因之一吧。

佛建议我们远离物欲，并不是要我们非得放下涮羊肉、去啃冷馒头，并不是非要我们搁着宽敞明亮的楼房不住、去过漏雨的茅草屋生活。而只是在告诉我们，这是一个无边的世界，并且试图让我们理解这个世界每一步的"景色"和感受，希望我们以此来判断，我们是否还要无止境地"漫游"下去。

这就好像爬山，当我们已经累得筋疲力尽的时候，佛来告诉我们"山顶的风景也不过如此"，然后让我们自己来判断是否要继续爬下去。

蛇足

照片中的这三种酒"森伊藏"（moriizou）"村尾"（murao）"魔王"（maou）是日本烧酒中最著名的三个品牌，因为第一个字母都是 M，所以被合称为"3M"。

我在这里想说的是名酒的价格——出厂价和零售价。

就以最人气的"森伊藏"1800ml 瓶装为例吧。

出厂价（定价）：3150 日元。

（商店）零售价：一般都在 3 万日元以上（不是饭店、酒吧，只是正常的超市或零售酒店啊）。

也就是说，在流通领域里，价格上涨了大约 10 倍。换句话说，价格涨了 10 倍还依旧有人买、依旧受欢迎。但多年来，酒厂却始终坚持着自己的原则：

1. 不随市场行情乱涨价。——因为厂家认为价格不应该简单地由人气来判断，而应该由成本核算法则来决定。

2. 不随便乱增加产量。——因为现在的产量已经是能够确保品质的最大生产极限了。也就是绝对不拿"降低品质"换"增加产量"。

3. 除了原有的正常贩卖渠道之外，厂家还特地开设网站、电话专线和窗口，接受个人散客的申请，然后从中抽签、定价销售。——因为想让更多的人可以平价尝到自己的制品。

说到这儿，不仅想起了法国葡萄酒的话题。

现在在国内被炒成天价的"拉菲"、"拉图"、"马歌"、"红颜客"、"武当王"等五大酒庄酒，真正成名还要追溯到1855年的巴黎万国博览会（只有"武当王"是后来由二级升为一级的）。如今一百六十多年过去了，这五大名酒依旧君临葡萄酒界的巅峰。熟悉葡萄酒的人都知道，这五大名酒都有自己的"副牌"产品。不是商品卖得好了，就借着名气再"开发"一个其他品牌，而是在自己的制品中，把质量达不到最高要求的降为"副牌"。值得我们深思的是：人家的"副牌"的国际知名度都比我们的任何一个品牌要高得多，这也许就是坚持"质量"的结晶吧。如今，一百六十多年过去了，酒庄换过主人，葡萄树也更新了几代，连酒桶都变了质地，唯一没变的是"品质"。我想，这就是"名牌"，或许更应该说，这才是"名牌"吧。

有意思的是，1855年之后，各类评审会层出不穷，各种金奖也出现了一大堆，甚至美国葡萄酒界不服法国的"权威"，还搞了几次"美·法"对决，但"五大名酒"的地位岿然不动、人气也岿然不动。记得自己小的时候，我们有"十大名酒"，后来又出了"新十大名酒"之类，可如今呢？——我不知道。只见到所谓的"名牌"一个接一个地出现，却有哪几个的人气能够坚持得住几年呢？

一个好的名牌可以成为国家的骄傲。一个好的名牌不仅需要自身品质保证，还需要消费者的慧眼，需要消费者不随波逐流、不追求标新立异而见异思迁的"心态"。

"名牌"是一种坚持、对"自我"的坚持。同时,能够坚持自我、不被利益所诱惑、不被光环所迷惑,需要的则是一种"淡定"的心态。

一个好的名牌,不应该是拿出来炫耀的,而应该是每一个人内心里的骄傲。

对了,再说一句题外话:在日本,要平价买到"森伊藏"烧酒,如果不是靠抽签碰运气,那可是难上加难了。不过,现在日航的国际线上有平价的"极品森伊藏"出售,有机会不妨买来尝尝。

人 生

人生要奋斗、要努力。

人生要有目标。

人生要活得有意义、有价值。

人生只有一次,要……

我们在这样的教育下成长,我们在这样的概念和社会道德下生活。

这样的教育、这样的社会概念意识,没有错。

问题是什么才是"有意义"、什么才是"有价值"。这样的"意义"和"价值"又如何体现,又该如何追求?

名誉、金钱、地位、权势、成功、爱情、女色(男色)、被尊敬、被认可、被艳羡、被追捧……人生要追求的东西实在是太多太多了。难怪人的欲望是那么的没有止境。

有这样两个真实的故事,很有名,也许大家都听说过。

一个发生在大约100年前、上个世纪初叶的美国。

说是小镇上的一位建筑公司的小老板,一天收工后来到自己开户的银行,把车停在银行的停车场,进去打印了一下自己银行账户出账入账的明细单,然后来到窗口,要一张免费停车卡。

可银行职员给出的答复是:你今天来到银行没有进行真正的"交易",所以不能给你免费停车卡。

这位老板说：既然你们没把我当作客人，那我也就没有必要继续做你们的客人啦。于是，他拿出自己的银行账号，要求解约，然后拿着取出来的100万左右的现金直接去了另外一家银行。

据说，当时的100万美元大约相当于现在的几个亿，小镇上的小银行突然被取走这么多现金，是有可能要面对经营危机的。

这则轶事被挖掘出来登在网上，立刻被"点赞"连连，几乎所有人都大呼"痛快"。

另外一件则是最近上传到中国网上的一段视频故事。

说是一位奶奶带着孙子到麦当劳吃汉堡。小孙子一边吃一边玩儿手中的玩具，不小心玩具竟然飞了出去，又不巧地正砸在刚刚停下来的一辆BMW7上面。车主见爱车被砸，暴跳如雷，却见对方只是稚子顽童和羸弱老人，料想赔不起，便随着怒气扇了小孙子几个耳光，然后蹲下身子细细查看爱车被"损毁"的状态。

可就在车主磨磨唧唧、没完没了之际，十几二十来辆轿车呼啸而来，清一色的豪华"大奔"——被打孩子的父亲到了。

父亲直接问BMW7的车主："你的车现在值多少钱？"

"150万左右吧。"

"那好，我车的后货箱里有现金，你去取150万赔给你。"

BMW7车主兴高采烈地数完钱，拿好后，便听那位父亲说道："现在这个车是我们的了。儿子，砸了它。"

于是，大家一起动手，没多大工夫，便把BMW7砸得没了车形。

BMW7车主还在错愕之间，又听到那位父亲接着说话了："车的事儿，我们算是了结了。现在我们来说说你打我儿子耳光的事儿吧。我儿子比车金贵，一个耳光100万，咱们算算你该赔我多少钱吧。"

视频到BMW7的车主被请上"大奔"为止。不知结果如何。

关于这段视频的跟帖评论我们就不多介绍了。估计大家也都猜得出。

这两个轶事在我们的日常生活中绝对不具备任何一点儿典型的意义。然而，对于无拳无勇的平头百姓来说，又都有那么点儿令人兴奋、让人觉得解气的成分。得"赞"很容易理解。

不过，被人欺负了，或受到了不大公正的待遇，就一定要"以牙还牙、以眼还眼"吗？遇事，只要自己没占到上风，就会心情不愉快吗？喜欢这类可以高人一等的优越感，渴望想解气的时候就有能够解气的手段，这就是我们的价值取向吗？

特别是第二个故事里面的孩子，在这样的环境下、在这样的教育熏陶下，大约很容易成长为把权势看作是人生万能武器的人吧。不要说拥有如此雄厚背景的那个孩子，就说我们这些小老百姓，又有多少人能够不羡慕权势、地位呢？可假如我们一旦拥有了这样的权势、地位，我们又打算用它来干些什么呢？难道只是为了可以压倒他人，可以让人高看一眼吗？

如果说从第一个故事中，我还看到了一点点"男人的浪漫"

的话；那么，第二个故事确实让我看得非常过瘾，但沉静下来之后，却品味出浓浓的"浮躁"。

这种浮躁，在那些到海外观光的国人时时惹出一些引起争议的"非礼"举动上，也可以看得出来。

在泰国的飞机上用热水泼乘务员。

在北海道的便利店里，没交钱就开始吃店里的冰淇淋，受到店员指责便对店员大打出手。

在巴黎的名品店里，把原本摆得整整齐齐的商品翻得乱七八糟，却没有丝毫的内疚。

看到禁止华人入内的牌子，便毫不犹豫地断定是"民族歧视""国家歧视"。

在美国机场，对店员大扇耳光，结果被美国警察逮捕。

一言不合，便高呼"抵制日货"、"抵制菲律宾货"、"抵制越南货"……

这绝不仅仅是缺乏教养的问题。这是个价值取向的问题。我们崇尚、渴望金钱、权势、地位，并为之努力不懈，却不真正知道这些东西到手之后该怎么用，该做些什么？甚至有些时候，可以说是根本不知道自己为什么在追求。所以一旦拥有，比如有钱了，便要把这种"高高在上"时时挂在脸上、一不小心就会自然地端出来砸给对方。

中国真的发展了、中国人也真的有钱了。不再是那个要买一个外国产的随身听、吹风机或是长筒袜，都要四处寻找外汇券的社会了。不再是那个是外国人就有钱、就可以在中国趾高气扬、挥金如土的时代了。

然而，中国也真的越来越拜金了。

每个人都在羡慕有钱人,每个人都在做着发财梦。

成了有钱人又怎么样呢?

有钱人不也是吃饭、喝酒、穿衣、恋爱、旅游、看书、玩儿手机……嘛!

不、不!

有钱人吃高档饭、喝名酒、找更漂亮的女友、去月球旅行、玩儿镶钻石的手机……啊!

可说得再好听,还不是在有限的物欲世界里游弋吗?

还有吗?

嗯?还有、还有!

我赚了一千万,可人家赚了两千万,那不行,我还得努力,得超过他。

我们难道就是为了赚钱而赚钱吗?我们难道就是为了和别人攀比才来到这个世界,才拼命努力赚钱的吗?

我们的"生活"在哪里?

我们真正想要的,我们真正的快乐又在哪里呢?

我们在和别人比什么?难道我们的人生只是几个数字的较量吗?

有钱就应该值得尊敬,是吗?

不是的。有钱并不值得尊敬。怎么用好那些钱,才值得尊敬。权势、地位,不都是这样嘛。权力再大,也顶多能说明你以前的"成功",用好手中的权力,才能得到真正的敬重。

我们不是特别在意别人的看法吗!

我们不是习惯于用别人的视线来判断自己的成功吗!

我们不是喜欢在和他人的比较中寻求自我满足吗!

那就不要再自欺欺人地把金钱、权力、地位等等穿在身上、挂在脸上、扛在肩上、撒在自己走来的一路上了。

我在日本碰到过这样一件事情。

有一天和几个朋友开车路过皇宫，赶上红灯便停了下来。因为是工作日的大白天，又不是主要干线，路上的车辆并不多，算上我们的车也就两三辆的样子。刚开始我们并不知道是为什么，只是觉得红灯有点儿长，大约有两三分钟的样子吧。也就两三分钟的光景，一个四五辆车的小型车队从我们面前缓缓开过。其中的一辆车在开过我们面前时，摇下了车窗，里面坐的是日本天皇和皇后。而且已经八十多岁的天皇夫妇对着我们深深地低下了头。刚开始我们没有反应过来是怎么回事儿，反正和电视里经常看到的天皇挥手致意很不同，过了一会儿才弄明白，天皇夫妇原来是在道歉，因为他们的车子堵了车道、让大家等候了。

我们这一车的外国人本来没有日本人式的那种对天皇的尊重，但天皇的这个细节小举动却着实让我们觉得很值得尊敬。

这种东西是单靠金钱、地位得不到的。

也就在我们这次偶遇之后不久，韩国爆出新闻，说首相外出访问，竟然截停列车，而且屏蔽一般乘客、把自己的专车直接开到了站台上，其目的只是为了少爬几级台阶。结果遭到了媒体和舆论的一片攻击。

正所谓"清心寡欲"。要"清心"、需要"寡欲"，只有"寡欲"、才能"清心"。

该是静静心的时候啦。

蛇足

来日本之前，听说日本是消费者的天堂，饭店之类的服务员都"跪"着给你服务。——来日本之后，自己也在饭店打过工之后才发现，蛮不是那么回事儿——如果是和室榻榻米的房间的话，所谓的"跪"，其实只是日本人家居最正常的坐姿罢了；而在桌椅布局的饭店里，如果客人坐着而服务员站着点菜，客人需要仰脸说话，如果服务员蹲下来，客人就可以平视或微微俯视说话，客人会舒服一些。——原来所谓"消费者的天堂"，不是消费者多尊贵，而是人家服务多到位。

有一年，带着在日本生、日本长大的女儿回国探亲，路过韩国首尔，顺路玩儿了两天。晚上去首尔繁华街吃饭，从大马路一拐上饭店街的岔道，女儿就说：这儿有一股吉林市的味道（女儿对中国的了解仅限于父母的家乡吉林市）。

我和妻子想了半天没想明白，又伸着鼻子闻了半天才悟到：女儿说的"中韩相似的味道"是那种剩饭剩菜在路边或垃圾箱里放久了的味道，而这种味道日本的绝大部分地方都没有。

儿时的记忆和现在回国探亲时看到的景象没什么大的变化：居民楼下面设有一个大垃圾箱，大家扔的垃圾就那么放着，有时候甚至要放几天，直到清扫员骑着三轮车来收。还经常能看到收垃圾的三轮车装满了，各色垃圾就那么露天敞着，可清扫员却不知道跑哪儿去了的情景。那个常设的大垃圾箱原本是绿色或蓝色的，但大都蒙着一层黑油渍，是苍蝇蚊虫盘绕的根据地。

  日本的家庭垃圾回收分"燃烧"和"不燃烧"两类，装在收费的塑料袋儿里、放在自家门口或家附近指定的地方，早上8：30左右会有垃圾车来收走。最近，日本垃圾分类严谨有序的报道在国内引起了一定的反响，什么日本国民素质高、大家守规矩等等，得到了一片赞扬。这一点不错，但垃圾的洁净有序的回收里面，是少不了清扫员认真的态度和职业道德的。我在留学生时代曾在垃圾回收公司打过工。说起来，那可真是个苦差事，尤其是夏天，剩饭剩菜的馊味儿对一直在车后面装垃圾的人来说，是个考验。但大家都干得很专心、一丝不苟。

（垃圾回收场景）

  记得有一次，不知道哪家商店把几大桶色拉酱和奶油当作生活垃圾扔了出来。这在日本是违规的，因为商业垃圾是要另行缴费处理的。我们当时也不知道垃圾里面有这些东西，就按照正常做法启动了垃圾车的搅拌压缩机，结果，包装箱破裂，色拉酱和奶油沾得车厢内到处都是。那天，公司的一个社员和司机两个人在正常工作结束后，钻到狭窄的车厢内，用纸巾一点儿一点儿地把那些黏糊糊的东西擦下来，一直干到了晚上9点多。

  包括司机在内的垃圾清扫员的工资并不高，工作也没有什么技术含量，但大家都干得兢兢业业。

经常有朋友问："日本人欺负不欺负外国人？"或者"在日本挨过没挨过欺负？"

我们在这边生活的人也时常会聊起这个话题，大家的意见惊人地相似：只要你把自己的工作干好，就没有人会欺负你。记得在商场打工的时候，因为"摆错商品位置""记不住商品名字""给客人指错商品柜台"等等，也挨过店长骂，但一旦你不再犯同样的低级错误、干得和别人一样了，店长就绝不会再骂人，甚至会对你比日本人还好，因为他知道，外国人能干到这一点，一定比日本人付出了更多的努力。我在便利店打工时，近百种香烟的牌子总是记不住，客人点名要却经常拿错，没少给人添麻烦。后来干脆照下香烟柜台的照片，回家后一点儿一点儿硬背，就像准备考试一样，没几天就没问题了。

其实，挨骂的时候，不要先启动自己的"被害妄想"按钮，应该先想想自己还有什么地方做得不到位。

在日本坐大巴，大巴发车时，车站上的服务员会向大巴90度鞠躬相送；坐新干线，检票员出车厢的时候，也会向着所有乘客行礼致意。

住日式旅馆走的时候，店主会和服务员一起到门口相送，直到车开远看不见为止。

得到别人笑脸相迎的服务，千万别误解"顾客真的成了上帝"，其实人家只是在"敬自己的业"。

在海外的机场、商店动则便大打出手，甚至为此被捕的新闻一直不断。我们没有必要非得把自己的权贵,自己的富有,自己的骄傲都挂在脸上,举在手里。"尊重别人就是尊重自己"的说法都说烂了,但是,一个敬业的人不比以炫耀来抬高自己的人更值得尊重吗。

消费者有"享受"服务的权力,仅此而已,"花钱"并不代表"有钱","有钱"也并不代表值得尊敬,更没有可以轻视乃至虐待服务人员的权力。

平常心

能看出这张照片中照的是什么吗?

这是日本福岛大地震后建造的海岸防波堤的照片。

2011年"东日本大地震"的上万名死者中,绝大多数人是因为海啸死亡的。所以,地震后日本政府投资在福岛周边的海岸线上建造了总长大约400公里的巨大防波堤,据说,即使不算地方政府的投入,总投资额也超过了1兆日元(大约600多亿人民币)。

保护国民的生命和财产,这是政府应该做的,不管花多少钱。

然而,有意思的是,作为此项巨大工程的被保护对象的当地居民中,有相当一部分人,却对这项工程持反对意见。

理由也很简单:看不到大海了。

对防波堤持反对意见的那部分福岛等地的居民的意见,并不难理解。

因为对大海的爱，才选择了这片土地生活。看不到梦寐以求的大海、蜷缩在钢筋混凝土的高墙之后的生活，又有什么意义？

日本东北大地震之后，避难到外地的人，除了因为核电站爆炸封锁暂时还无法返乡的人之外，绝大多数人都陆陆续续回家了。虽然那里还有地震的危险，核辐射量也比别的地区高，但大家还是义无反顾地回去了，因为那里是自己的家乡。

年轻的时候看各种自然灾害报道时，地震呀、台风呀、海啸呀、火山呀、山体滑坡呀、洪水呀等等，悲惨无奈的景象，心里便不禁会想：自然灾害是有周期的、很多时候是反复来的，那么干吗非得固守着这么个"破"地方，干吗不搬到别的地方去生活？

长大之后才明白：因为那里是他们的家乡。

武汉经常发洪水，却很少有人只是因为洪水的缘故而迁居别处。因为那里是他们的家乡。

"家乡"绝对不仅仅是因为祖辈居住在那里就成了家乡了，"心安之处"才是家乡。

现在国内的房地产价格高得惊人，原因当然很多，但每个人都想买一处房产，构建属于自己的"家"的想法肯定是主要原因之一。但是，一个温馨、祥和的"家"不是那个房子，而是房子里面的生活。一场夫妇大战就可以让房子里面的家变成"地狱"。和昂贵的房子相比，和一时的欢欣雀跃相比，能够让我们的心里安稳宁静的生活才是正道、才是无数人孜孜以求的，虽然那样的生活可能没有大喜、狂欢，虽然那样的生活可能始终是淡淡的。

什么是"心安"？

"心安"不是一个瞬间的心情，而是持续性的一种心态。

我们说清心寡欲，往往就会被理解为"心如止水"、波澜不惊，就会被理解为放弃一切欲望和追求，甚至不管善与恶。

其实不是那样子的。

家国长者教育我们：人生活得要有价值、要有目标、要不懈地努力和奋斗——佛说：不要被七情六欲所诱惑，"追求"本身就是一种"欲"，是魔道。

两者岂不是很矛盾。

不要说美女俊男养眼，人生而慕少艾，美女帅哥身边过，也许谁都会回头看一眼吧。有了心爱的人，那一举手、一投足、一个眼神，哪一个不是让人魂萦梦牵。想牵一牵对方的手，却又踟蹰不前的羞涩胆怯，第一次亲吻时的亢奋，哪一个不是人生的大乐趣呢？——说女人是老虎，可能还能得到一部分的赞成票，可非要让我们把身边的活色生香的肉体看成是"臭皮囊"……

这岂不是很疯狂。

有现成的鱼肉蛋奶不去碰，非要啃硬馒头才是修行吗？

这岂不是很有违人性。

其实不是这样子的。

"佛说"是一种比喻，是一种以极端例证来说话的方式，是一种以振聋发聩的形式诱导我们的方法。

"佛说"是一种理念，而不是绝对的行为标准。反过来说，如果你悟到了"臭皮囊"的真谛，那你就绝对不会被"红颜祸水"所迷惑；但即使看不穿"臭皮囊"，只要了解"臭皮囊"想说的概念，至少也就知道了"色"为何物，知道了缱绻床笫的结果，想来，在女色方面也就知道了应该有所收敛，而不至于越陷越深。

这种解说太暧昧、太抽象了，不好懂。

那我们先来看一则禅门公案吧。

说是有一位老婆婆，非常虔诚地礼佛，对附近寺院的一位高僧自然也是礼敬有加，平日里供奉不断。有一年冬天，高僧面壁修禅，老婆婆便按时送饭送水，多加照顾。天气越来越冷，有一天老婆婆发现高僧瑟瑟发抖，便让同行的、正当妙龄的女儿坐到高僧的怀里为高僧取暖。

事后，老婆婆和高僧谈起此事，问高僧当时的感受。高僧说：如枯木在抱，于我何加？

听了此话，老婆婆大怒，认清高僧修为远远不够，从此不再供奉。

这则公案和大多数公案不同，竟是以抨击"高僧"的手法收尾。

但这则公案至少告诉我们两个要点：

一、温暖的肉体就是温暖的。我取我需，饿了吃饭、渴了喝水，舒服就是舒服，率性本真的生活才是平常心的最好表现。

二、淫邪来自自己的念头，而不在事物的表象。反过来也是这样，我心平静，处事自然平静。嘴上的道貌岸然正说明本心的修炼不足。

还有一则更有名的公案。

说是有弟子问师父：佛法的奥义是什么？

师父回答说：庭前柏子树（院子里的柏树）。

这则公案还有很多不同的版本。

问：佛法的奥义是什么？

答：干屎橛（古人如厕后用来擦屁股的木头棒）。

问：佛法的奥义是什么？

答：吃茶去（喝茶去）。

不管版本如何，公案想告诉我们的意思非常明确：佛法就在我们身边，平常心也不必去别的地方特意寻找，我们能够心平气和地对待每一件我们生活中遇到的事情，这就是"悟"。大可不必天天把"臭皮囊"、把"四大皆空"挂在嘴边。

我们说"平常心是福"、我们还说"平平淡淡才是真"，真的吗？

不好理解。

热恋中的情人欢天喜地地准备结婚，满怀的是期待与憧憬，为什么一定要平平淡淡？

久旱逢甘霖、他乡遇故知、洞房花烛夜、金榜题名时，人生遇到如此大喜事儿，我们为什么还必须得保持平常心呢？

有这种疑惑很正常，从某个角度讲，这种想法也没有错。

不过，佛说的"无欲、平常"不是一个法规一样的东西，不是限定我们要时时小心在意、要战战兢兢地注意不能越界违规。

佛说的"无欲、平常"是一种境界，是一种恒定的心态，这种心态、这种境界不拒绝、不排斥其他的情感，是有兼容性的。所以，高僧大德们看到居士乐善好施、成就圆满也会欢喜，师父去世了也会悲伤，有敌人侵犯寺院、威胁到信仰时也会奋起反抗，偶尔不小心误伤了生灵，也会"一笑置之"。生在世间，不管是僧人还是凡人，与喜怒哀乐相关的东西总会遇到，能够平静地对待、不冲动、不感情用事，那就已经踏入了"悟"的门槛。修为有高下，我们凡人达不到"四大皆空、五蕴皆空"的境地，似乎也没有必要达到那么高的境地，但这并不表示那样的境地不存在，也不表示那样的境地没有味道。

你体会过宴会结束后、人去屋空时的那种也许非常短暂的空虚感吗？

你体会过狂喜之后的那种寂寥吗？特别是周围人的热情迅速冷却后的时候。

他乡遇故知，欢喜后等待着我们的是再次的分别。

金榜题名时，成功的喜悦之后，等待着我们的是日复一日的日常工作，甚至还有钩心斗角。

洞房花烛后，是逐渐趋于平稳的夫妻生活，也许温馨也许有磕磕绊绊，但肯定逐渐失去了洞房花烛时的"狂热"，但这种"平静"才是真正的生活，才需要我们更久长地去呵护。

我自己有过这样的体验，因为和性格有关，未必具有普遍性。

那是在日本刚刚拿到博士学位之后，靠在大学做非常勤老师（外聘讲师）维持生计的时候。非常勤老师其实是典型的体力劳动，上一节课拿一节课的报酬，所以想多赚一点儿，就得多上课。当时为了维持四口之家的生计，我真的是很拼命的。记得最多的时候，1个半小时的课，我一周要上23节。每天回家累得话都不想说了。自然，早上起来想想一天排得满满的"课"就头疼，拎着包走出家门的那一刻，心情是沉重的、脚步更沉重。新一天才刚刚开始，自己已经觉得累得要死了，因为心里只有压力。

不过，大学的生活是有寒暑假的。假期时带着妻子、孩子去旅游、去野餐、去游乐园，甚至只是去家附近的公园骑骑车，便成了自己当时最大的人生乐趣。

然而没多久，我便发现：我在自己认为是"人生最大乐趣"之中的时候，反倒不是最享受、最快乐的。

为什么呢？

授课期间：咬牙苦熬。——不快乐。

授课期间最后一周左右：想到自己马上就可以和家人去旅游了，那份期待的心情实在是太美妙了，剩下的那几节课根本就算不了什么了，心情轻松而且舒畅。

放假的第一周左右：心理上已经放松了，可是判考试卷子、评分、录入成绩、提交各类报告等等，只是让心里更加焦躁。

终于和家人旅行了：可是想到马上又要开学了，马上又要进入一刻不停、周而复始的课堂了，心里便黯淡下来，每每玩儿得不是很开心、不是很尽兴。

短暂的假期结束，便又开始了新一轮的周而复始。

一两年下来，自己忍不住在心里问自己：一年之中，自己真正过得轻松快乐的日子一共有几天呢？

自己的心理问题只能自己解决。而解决的方法竟意外地简单——

我们为了生活去工作,而且工作时间占据了人生最美好的时间段,为什么不让"工作"也成为我们生活的一部分呢?

我们生活的这一部分为什么需要咬牙去进行呢?

放开自己咬紧的牙关,才突然想起来,自己原先是非常喜欢上课的人啊。为什么自己喜欢的事情每天重复四遍就不喜欢了呢?岂不是自己事先先把"压力""焦虑"灌输给了自己。

而一旦不想太多,放下忧虑,平静地面对日常中自己该做的每一件事情,才发现,虽然工作量一点儿也没有少,却是一身轻松。这或许就是"平常心"的力量吧。

类似的感受,我还有一个,是关于"死"的。

小时候、年轻的时候,我特别怕死。据父母说,我五六岁的时候,有一天躺在院子里睡午觉,一只小鸟在飞过的时候竟然拉了一点儿屎,而那点儿屎竟然掉到了我张开的嘴里。于是,我便认定自己吃了不该吃的东西,会因此死掉。据说为此抑郁了好几天。自己之怕死,由此可见一斑。

到底为什么怕死,其实自己也说不清楚,朦朦胧胧地记得大概是"别人都能继续参与,唯独自己被排斥在外,这岂不是太可怕了吗!"

然而,随着年龄的增长,进入四十岁之后,首先遭遇了父亲的去世,接下来又有几位熟人去世,参加葬礼的次数也稍微多了起来。但自己却突然发现,自己对于"死"已经没有了那种恐惧的感觉。

虽然知道人生乐事多多,虽然知道自己不了解的世界还有好多好多在"等着"自己,虽然知道自己死了之后,别人还会依旧继续"欢快"地活下去,但是,我不再怕"死"了,至少不那么怕了。

其实理由很简单,因为我知道了自己继续"生"下去的结果:"一天"之后是另外一个"一天";过今年的生日时我知道明年还会有一个同样的生日;工作之后是退休,就算自己位极人臣、腰缠万贯、呼风唤雨,也还是如此;我知道就算有美女频频送来秋波,上床后也不过是同样的宽衣解带;我知道就算我的书畅销世界,也不过就是让自己的存款增加几个"0",即便全世界都知道了我的名字,那名字也只是一个记号而已;我知道今夜舒舒服服地喝了这杯小酒之后,得上床了,因为明天还要上班……我开始逐渐看得见自己的生活了,看得见自己的未来了……

其实,这就是人生的真谛之一。

于是我更喜欢平静地对待每一天、每一件事情。

刚进北京大学的时候,从前辈那里听到了很多北大人的传奇故事。其中有一个是关于校长的,具体是哪位校长的轶事已经记不清楚了,但故事本身却给我留下了深刻的印象。也不知道这个轶事是否还在新生中流传:

说是一个新生扛着行李找宿舍,突然得上厕所,正好看到路边一个老大爷路过,便上前道:大爷,您能帮我看一下行李吗?我肚子疼,急着上厕所。

老人点头。

新生从厕所出来,又遇到个老乡说了几句话,前后花了十几二十分钟。

老人就那么一动不动地站在行李边儿上看行李。

第二天开学式上，新生才发现，昨天给自己看行李的老大爷坐在主席台上，原来是自己的校长。

因为在大学做老师的缘故，和日本年轻人聊天的机会比较多，偶尔会问起"你未来的理想是什么啊？""你未来的目标是什么啊？"之类的问题，大家的回答多少让我有些意外——大都非常的"现实"：

"我今后想开一个自己的花店"

"我的理想就是结婚，可能的话，想要两个孩子"

"我想做一名小学老师"

"我想当幼儿园的阿姨，每天都和孩子在一起"

"我想开一家私塾，当书法老师"

"我想做家庭主妇"

……

"我要当科学家""我要当宇航员""我要当主席"之类的"远大"理想我一个也没听到过，甚至"要当艺能人""要当体育明星"之类的声音也很少。

刚开始我还以为这是因为大学生比较成熟了，比较懂社会了，可后来查看了一下日本小学校的毕业文集和一部分社会人的个人网页，关于人生未来的这种倾向，小学生、甚至一部分已经工作了的社会人都是一样的——人生理想很"小"，很现实，现实得"触手可及"。

也许正因为"触手可及"吧，相对来说，自然也就容易实现一些。于是，社会上自然也就少些"好高骛远""不务实际"之徒。

日本这个社会，其实问题一大堆：

各类社会压力大，一年大约有 3 万多人自杀，是世界首号自杀大国；

毕业就失业或根本就不想就业的宅男宅女一大堆；

企业管理模式形式化、陈腐化严重，企业整体没有速度感，对于市场形势应对迟缓，大都缺乏国际竞争力；

社会保障体系举步维艰；

贫富差距逐渐拉大，和曾经稳定的中产阶级层相比，贫困阶层迅速扩大；

政府冗员多多、浪费严重；

……

但是同时，下面这些现象也基本上可以说是日本社会的"常识"：

你进任何一家饭店，不用担心付不起账而出不来——因为商家赚的是市场允许范围内的利润，而不是黑心钱，就连机场的饭店和商店也基本上和外面是一个价位。

你买任何吃的喝的都不必担心质量安全、卫生、消费期限等等问题——偶尔也会有食物中毒事件，那个时

（日本的宅男宅女们有着自己的社交圈子和庆典活动）

候，首先是停业查原因，第二才是追究责任。不久前，日本麦当劳从中国进口的一批鸡肉后来被查出是过期劣质产品，中国的鸡肉加工企业现在怎么样了，不得而知，而日本的餐饮"巨无霸"企业麦当劳差点儿没倒闭，现在还拖着那个阴影举步维艰呢。我们家买的房子，八年了，连个灯泡都没换过，顶多是门把手磨掉了一点儿漆，贵贱不说，省心啊。

开车不用担心碰瓷儿的，看病不用送红包，孩子上学不月托人找关系，也不必年年给老师送礼，更不必承担学校下派的各项"任务"。

全国各地几乎都是一样的清洁状态，几乎每一家商店、饭店都是一样的笑脸相迎。

几十年没去过的地方，再次造访你就会发现：还是原先的老样子——"变化"是发展的象征，"不变"则是一种韵味了。

什么是"平常心"？

"平常心"不是波澜不惊、不是一潭死水，"平常心"不是不问世事、不是与人隔绝，"平常心"不是忍耐枯燥、不是漠不关心。

不好高骛远、不攀比他人、不炫耀自我，平平静静地工作、生活，这就是"平常心"啊。

沉静而不浮躁，干好自己的工作，过自己的生活，这就是"平常心"啊。

个人如此，社会也是如此。我们每一个人都能够安安心心、尽职尽责地做好自己的工作，那这个社会就会少很多浮躁，多更多的和谐。

有常·无常

喜事不常有,平静最恒久。

那如何才能得到一颗"平常心"呢?

这个问题很难,很多出家僧人追求了一辈子也未必悟得到。

这个问题同时又很简单,因为答案就在我们每天的生活之中。

一、首先我们要活"自己",不管我们高低贵贱、贫富美丑,我们的人生不是为了给别人做"秀"。

"活自己"最直接的要素当然是我们不要太在意,或者说只在意别人的视线,不要一味在意别人怎么看自己。我们毕竟不是为了别人的评价而来到这个世界上的。在意别人的感受、注重自己的形象是一种美德,然而过分了,把这个"在意"变成了一种"行为标准",那么就很容易迷失自己。

但"活自己"绝不是单纯地知道自己想要什么就够了,绝不是要大家走上另外一个极端:"事事以自己为中心、自私自利"。

"活自己"的另外一个更重要的侧面就是要充分理解"这个世界还有别的人存在"。我们所喜爱的,也许是别人所厌恶的。不用说宗教、民族、信仰这类大概念,就是我们身边的抽烟、喝酒等等，不就是这样子嘛。不抽烟的人看到有人吞云吐雾就会皱鼻子，可各类公共场所相继开始禁烟后，抽烟的人开始有人抗议：剥夺抽烟权也是一种侵犯人权。

　　日本长野县诹访大社有一个比较奇怪的传统活动，叫"御柱祭"。"祭"大致相当于咱们汉语里说的"节"这个词，所以"御柱祭"可以翻译成"御柱节"，是类似"刀竿节""火把节""泼水节"一类的传统文化活动。

　　这个"御柱祭"最有名的活动有两个：一个是"人站在一根15米长的大圆木头（柱）的顶端，然后把柱子立起来"；一个是"人骑在大圆木头的上面，然后把圆木头从很陡的山坡上放下去"。稍微想象一下就可以知道，这两项活动都有很大的危险性，尤其是前者，到目前为止，几乎每次都有人死亡。所以最近有人诉诸法律，希望通过法律手段终止这项活动。然而，法律判决的结果是被告胜诉，"御柱祭"今后继续照开。

　　我国广西的"狗肉节"，据说招到国内外舆论的大举声讨，还有人跑到当地搞对抗性的抵制、呼吁活动，甚至有人以"给狗做法事"的方式来造声势。无独有偶，韩国人吃狗肉同样招到了国际舆论的大肆声讨，有人已经表示：因为吃狗问题，决定拒绝参加韩国平昌冬季奥运会。

　　我在这里没有要对法律判决结果或舆论取向的"对"与"错"做出评判的意思，只是想再次强调：这个世界上有很多人和我们有着不同的爱好、想法。说得哲学一点儿的话，就是和自己性格、喜好、想法、价值观完全一样的人，在这个世界上是不存在的。所以，尊重别人才能得到别人的尊重，原谅别人才能得到别人的原谅，己所不欲、勿施于人。我们想"活自己",那首先要尊重别人"想活自己"的想法、给出别人"活自己"的空间。

既要不谄媚他人,又要尊重他人。

首先需要认清自己,不要人云亦云、随波逐流。

活在这个世界上,有国家概念、有民族概念,还有各种信仰、主义等等,但最基本的、也是最根本的是:我们首先是一个人,每个人都有自己的一颗"心"。

失去了这个"心",什么家国民族、什么信仰主义,都很容易扭曲变形。

前一阵子,在所谓的"反日爱国"游行中,不仅砸车、砸商店、抢商品,还有一位农民工把自己的同胞打成重伤残废。失去了自己的"心",忘记了对方是和自己同样的"人",再高举"国家、主义"的牌子,也不会有正确的判断。

说爱国,总会有人不断高呼"抵制日货、抵制美国货、抵制菲律宾货、抵制越南货"。殊不知真正的爱国是"努力让自己国富民强",生产出强过外货的国产货才是真正抵制外货的"正道"。污染的空气、损害健康的饮食、用不多久就坏的制品,这让我们如何抵制外货。

就说爱国教育,其实每个国家都在做。

在日本,有几档节目其实就是潜移默化的爱国教育内容。我们来看几个例子。

1. 奥运会之前,有节目介绍说,奥运会的排球比赛采用了日本厂家生产的排球。为什么会被采用呢?因为日本的排球可以连续大力扣球 2 万回而质量不变、日本的排球可以承受 1

吨的压力……节目里真的放映出加压实验的镜头。然后介绍说，之所以会有如此的高质量，是因为在球心橡胶部分和外面皮革之间缠了一种特殊的线，而且在 5 分钟之内要缠 3 千米。就我这么个外行看了都觉得值得信赖。

2. 请外国专家来自己的工厂视察，比如海胆养殖场请来的是在美国从事海胆养殖、贩卖四十多年的一对老夫妇。然后让专家参观、体验自己生产的全过程，不虚饰、不藏掖，而且每个细节都完全向电视观众公开，请专家评判、指导。这个节目介绍了很多产业，却几乎无一例外地得到了外国专家竖大拇指。

这类节目有很多，介绍生产消防水管的、介绍生产寿司拉面等食物模型的、介绍生产各类仿真橡皮的、介绍生产水平误差不到 0.1 毫米的国际标准乒乓球台的、介绍世界最大级船舶缆绳的……大部分的节目都以"提问"的形式推进，嘉宾积极参与，观众也看得很有意思，而不浮夸的、详细的生产流程和特色介绍，让所有人都打心底接受了该商品人气的原因——其实爱国教育就是这样，知道了自己国家的好，就会有自豪感，自然就会去爱她。光喊口号没有用，一味抨击别人的弱点也效果不大，真正为自己的国家自豪，不用高喊爱国大家也自然会去爱。不是吗？

其实，遇事能否以平常心对待，是我们教养和素养、自豪和自尊的综合体现。

二、我们要学会放弃与屏蔽。

日本气候高温多湿，再加上住房以木制为主，所以很适合蟑螂繁殖。于是，蟑螂时不时地会给日本人的日常生活添些小烦恼。想办法对付蟑螂也是所有在日本生活的人都有过的体验吧。我在这方面就有过一次"惊心动魄"的体验。

当时我还是留学生，和妻子、孩子住在三居室的楼房里。房子很旧，大约有四十多年了吧，所以蟑螂也经常出没。家里也试过各种消灭蟑螂的方法，用胶带粘、用药物杀等等，但都效果不大，过不了几天就又会出现。

就在我们很烦恼的时候，日本推出了一系列喷雾杀蟑螂制品：据说原理是喷雾中含有蟑螂喜欢的味道，先把躲在暗处的蟑螂吸引过来再杀掉——据说可以杀得很彻底。

于是我们家决定试一下。

买来喷雾制品，关好门窗，收好食物餐具等——据说这个药剂很强，对人体还有些害处——点上药剂，我们一家人就外出了。

在外面玩儿了几个小时之后，赶回去查看"战果"——进屋后，我大吃一惊，不是没有效果，而是战果太惊人了。满地都是蟑螂，死的、还在蹒跚踉跄的、还有精神逃窜的……后来收拾蟑螂尸体，大致数了一下，竟有一百三四十只——估计是喷雾对蟑螂来说太好闻了，可能我把整个楼的蟑螂都给吸引来了。

小小的蟑螂竟让我这个三十好几的大老爷们恶心了半天，在随后几天的梦里还经常出现。不过，同样是这件事儿，同时也让我悟到了一点儿东西：

其实蟑螂正如我们的人生烦恼，和我们的生活缠在一起，总会存在。但是，我们没有必要把它们都翻到光天化日之下，我们没有必要时时把它们摆在眼前、放在脑海里,其实,让它们待在角落里,大可和我们相安无事。即使偶尔有一两个蹦到了身边,那时候拿鞋底儿"打"死就完了。

三、我们大可以站在巨人的肩膀上。

"经验"可以帮助我们培养自己的"平常心"。

就比如名牌包,有过了也就知道名牌包能带给自己些什么,即使是想炫耀,用过了,也就知道了"炫耀"的效果。用过了,恐怕渴望一个名牌包的那种魂萦梦牵、寝食难安的焦躁就会淡很多。

比如美女,没有多少经验的人看到超短裙可能就会裤子变紧、浮想联翩,可结婚了、经验多了,也自然就沉稳了。

比如尝过山珍海味的人,通常来说大概就不会像孩子那样为了一句"今晚我们去饭店吃饭"而期待、兴奋很久。

比如创业,尝过从零开始的社长、尝过创业艰辛的人,恐怕再说办公司就会慎重许多,而不会只把目光盯在成功者的光环上面。

然而,我们不可能经历一切。

我们也没有必要什么都"亲身尝试"之后才有所"感受"。

因为有"智者"告诉我们事物的前因后果。

因此我们可以让自己更有预见性。

这种预见性在佛家里便可以称为"悟"了。

下面,让我们一起来读一下《心经》这部非常短的佛经,一起寻觅一下"悟"的灵感。

"悟"有高下。我们凡人恐怕永远也达不到高僧大德的境界。其实,我们也没有必要追寻和高僧大德比肩。

"悟"一点儿,就是我们的一点儿造化。

对于凡人,《心经》是一部实用哲学。

摩诃般若波罗蜜多心经

玄奘三藏 译

赵方任 注疏

摩诃般若波罗蜜多心经

这是《心经》的全名。

"摩诃"是伟大、神奇的意思。在现代汉语里,除了佛经之外是不用的。不过,在日语里,有"摩诃不思议"一词,是非常离奇、神乎其神的意思,其实便是来自《心经》等佛教经典。

"波罗蜜多"可不是产于南方的水果"波罗蜜"很多的意思,当然更不是"菠萝"的"蜜"很多、很甜的意思。"波罗蜜多"是解脱、了悟的意思。

"般若"则是智慧的意思。

所以,《心经》的全名译为现代文就是"了悟智慧的伟大的核心宝典"。拜托您,脑袋里千万别想《葵花宝典》之类的,千万别亵渎了佛经。

"了悟智慧的伟大的核心宝典",这个名字听起来很大,大有和《圣经》比肩的味道,也许很多人会觉得其中有自我吹嘘的成分吧。

其实,作为一门学问的权威著作或重要典籍,称为"经"是很常见的现象,特别是宗教方面的经典,更是有普遍称"经"的传统。比如儒家有《十三经》或《四书五经》,道家有《大藏经》,佛教则更多,《心经》《金刚经》《六祖坛经》等等,多得数不胜数，非宗教类而称"经"的则有《茶经》《水经》《山海经》等等。

然而细细想想，这种称"经"的现象又可以分为几个类型。有原书名本身并没有"经"字，后人追认称"经"的；有多部作品被后人合称为"经"的；有翻译者命名为"经"的；也有作者自己命名为"经"的。

其中，儒家和佛教的情形很有些意思。儒家十三经《易》《诗》《书》《周礼》《仪礼》《礼记》《春秋左氏传》《春秋公羊传》《春秋谷梁传》《论语》《孝经》《尔雅》《孟子》之中，最初以"经"命名的只有《孝经》一部，其他的则是后人追加的。而佛教最初的典籍几乎都是从印度来的翻译作品，也几乎都直接被定位为"经"了，以至于人们直接以"佛经"来统称佛教典籍。有"佛经"而没有"儒经"或"道经"的说法，其实原因并不复杂。

首先，儒家和道家兴起之初，正是春秋战国的百家争鸣时期，与其说是信仰或宗教，其实更接近于哲学或行为艺术，而佛教则不同，不是土生土长而是外来的，草创期已经在印度完成，进入中国时已经是有组织的宗教信仰，因此，单就成书的时代而言，佛教的教义典籍也就比儒家的典籍在性质上更具有"经"的意义。

还有一点就是，佛经进入中国，大都是通过译经大师翻译而来的，而各位译经大师，不管是鸠摩罗什还是玄奘，都首先是虔诚的佛教信徒，作为信者而给书定名，从心理上也更愿意使用"经"字吧。

儒家核心的"仁义礼智信"本身就是生活的一部分，道家追求的"天人合一""长生"以及各种术数等等，都是现实之上的形而上学，本身也是来源于生活的。而佛教则不同，强调的是"脱俗"，主张打破、超越俗世概念，从这个意义上讲，"了悟智慧的伟大的核心宝典"这个名字还向我们昭示了两个重要的读经要领。

第一，要有一个谦虚的、虔敬的心态。

那个流传甚广的故事想来大家都听说过。说是有一个客人来访，想请教学问，可主人请客人落座后却不开口说话，而只是一味地倒茶，茶杯已经满了，却依旧倒个不停，任由茶水流出来。客人看不下去了，便提醒主人，杯子已经满了。于是主人说：你的脑袋里已经装满了自己的想法，不管我说什么，你都不可能再装进去啦。

这个故事流行很广，被安在了很多名人的身上。比如一休和尚啦、苏东坡啦……

不管是哪个领域，没有要虚心汲取的心态，越是以为自己满腹经纶的人，也就越难以装进新的东西。而正因为佛教是非现实和超现实的，所以在虚心之上，还更需要一份诚心。比如说，儒家宣讲忠义，那么，历史上忠和奸的故事比比皆是，宣扬孝道，更是生活中、左邻右舍的例子都在眼前。可佛教却不然，讲经之中也有很多例子，但都不是自己身边的，不仅看不见摸不着，而且是那么的遥远、虚无缥缈，甚至是非现实逻辑的。所以，虚心加上诚心，才是学佛的第一步。

诚心并不是要求人一定要成为坚定的信徒，而只是指"能够认真聆听的意愿和态度"。也就是要放下世俗社会中的固有的概念、思维方式、习惯和地位等等，首先拿出一个平常心来。

日本的茶道和禅是息息相通的，素有"茶禅一味"的说法。在日本茶道里面，进入茶室的入口非常小，叫作"nijiriguti"，高度只有66厘米，宽幅只有63厘米，人要低头、缩肩，以跪姿才能进入。这个小小的入口是日本茶道的象征之一，也是日本"茶禅一味"的具体代表之一，更是茶道创始先辈们的经心设计之处——不管你在世俗社会中是什么身份，到这里来，就必须拿出谦恭、虚心、诚敬的态度。

（能看出照片照的是什么吗？这其实是一个山腹内的一个小小的山洞。一个天然钟乳洞。别看这个山洞不起眼儿，却小有名气，而且它还很受重视，右边的这张照片便是这个山洞外面的附属性建筑。这个附属建筑建在峭壁上，算上基座，从地面算高度估计得有六七十米左右，很宏伟，远比照片上的感觉气派。

其实，这个山洞叫"大悲灵窟"，是日本栃木县满愿寺内院的圣地之一。而满愿寺则是日本观音菩萨信仰中"坂东33观音"的第17号圣地。

为什么这个山洞会受重视呢？

因为它的形状像女阴。寺院取其女阴连通胎内，即"重生"之意。

如果有人非要说佛家寺院供奉女阴，是离经叛道，那也没办法。

不过，如果有这样的人的话，您还是赶快洗洗睡吧，不必再看我这本书啦。

可以说世上的所有事物都有着两面性，如何取舍，只在我心。）

学佛也是如此。学佛是从"谦恭"开始的。

第二、学佛还要有智慧。

这里所说的智慧并不是 IQ（智商）的高低，当然更不是知识量的多与少，而是"领悟"佛性的那种灵光一现。大学教授必须学富五车，但却未必能成为高僧大德，而且是大大的"未必"，而文盲的无知小童却可能一步参悟，甚至可能成为一代大师，而且是非常非常的"可能"，历史上的很多实例已经充分证明了这一点。

这就是学佛中最重要的"悟"性。

那么，怎么才能达到"悟"的境界呢？

这是个比较难说的问题，难到为了说明这个问题，佛教分出了很多不同的流派。

就像五岳剑派的华山派又分为"剑宗"和"气宗"一样，佛教本身就分为"大乘佛教"和"小乘佛教"等，而在中国占绝对主流的"大乘佛教"中，占主流的禅宗又大致可分为强调循序渐进苦修的"修行派"和强调瞬间感悟的"顿悟派"。面壁九年、终于大彻大悟的达摩老祖大约应该算是"修行派"的代表吧。而六祖慧能从一个"勤杂工"一下子"顿悟"并成为掌门人，自然是后者的代表了。

关于禅宗分为南北两派，同时也就是禅宗"顿悟派"的诞生过程，有这样一个广为流传的传说。

话说禅宗从创始人达摩老祖传到了第五代掌门人弘忍禅师手里，弘忍禅师在黄梅县的东山授徒传法。他门下最有名的弟子是首座大弟子神秀。神秀只比弘忍小4岁，13岁出家，在洛阳的天宫寺受具足戒，50岁投到弘忍门下，成为首座弟子，号称无人可出其右。师父弘忍上了年纪之后，自然开始考虑继承人的问题。于是他让自己的弟子们各自表现一下自己对佛法的理解，想从中选出获得佛法真髓者传授自己的衣钵。

之后的一天，首座弟子神秀在寺院的墙上写下了一首偈子，来表达自己的见解：

身是菩提树，

心如明镜台。

时时勤拂拭，

莫使有尘埃。

偈子写出后，博得了弟子们的一片赞誉，几乎所有人都确信，下一代掌门人非神秀莫数了。然而，老师弘忍却没有表态，保持着沉默。

也算是机缘巧合，平时主要从事舂米的勤杂工慧能看到了神秀的偈子。说起这个慧能，算是个命运坎坷之人，他生于岭南，幼年丧父，靠砍柴养活母亲。后来，在街上听到诵读《金刚般若波罗蜜经》的声音，突然有所感悟，于是决定出家，投在了东山五祖弘忍的门下。但是因为没有多少文化，没有成为正式僧侣，一直以"行者"的身份从事着舂米等杂役工作。慧能看到了神秀的偈子之后，趁着夜深人静、别人注意不到的时候，也在墙上写下了一首偈子，来表达自己的不同看法：

身是菩提树，

心如明镜台。

本来无一物，

何处染尘埃。

关于慧能的偈子，有很多版本，语句上虽然有差异，但实质内容却是一样的。

神秀和慧能的偈子，前两句把"身、心"比作"菩提树、明镜台"，既是比喻、又是引句，不必深究。两个人主要的区别、也就是关键之处是第三句。神秀说"时时勤拂拭"，也就是说要靠自己的持续不断的努力、修行来保持自己的"身、心"不被污染。而慧能说"本来无一物"，指的是"了悟"的境界，心里已经解脱，已经超越了执着，已经没有了挂碍，那又怎么会被污染呢？！

其实神秀谈的是修炼过程，慧能谈的是修炼结果，两个人谈的不是一回事儿。但慧能所说的"本来无一物"，既是要达到的境界，同时也是学佛人所面临的最大的课题。也就是说，未必一定要经过多么漫长的苦修阶段，只要你领悟了这一关键课题，你就"修成正果"了。所以，慧能被称为"顿悟派"的祖师，而神秀则被看作是"修行派"的代表。

看到慧能的偈子之后，弘忍把自己的"掌门人"的衣钵传给了慧能，慧能来到自己出生的南方，传授"顿悟"禅学，开创了南派禅宗，被称为六祖慧能。

这里我稍微说一点儿题外话。

关于神秀和慧能，以及弘忍传授衣钵的传说，其实还有下文。说是弘忍害怕在弟子中威信和势力都非常大的神秀迫害慧能，所以是在深夜悄悄地找来慧能，传授衣钵后立刻让慧能离开了东山。随后，得知衣钵被传给了别人的神秀派人追赶慧能，想要抢回从达摩老祖那里代代相传下来的、代表"掌门人"地位的袈裟，没想到，派去追赶的人听了慧能的"佛法传授"之后，反倒投在了慧能的门下。据说，这样投在慧能门下的竟有500人之多。而神秀无奈之下，在北方开创了非达摩主流传承的北派禅宗。——这个传说流传很广，但我是不信的。因为一代高僧，并且对自己的"身、心"时时"勤拂拭"的神秀当不会那么执着于"名分"，更不至于去迫害同门，否则他也成不了一代宗师。真实的情况大概应该是禅宗发展到五祖弘忍时期，在传统的"修行派"以外，又萌生了"顿悟"的理念体系，弘忍希望两派同时发展、成为禅宗的并蒂莲，但同时又考虑到神秀的"修行派"在东山是主流而且势力庞大，所以才让"新兴"的顿悟派慧能到南方去传教。

其实，不管是修行派还是顿悟派，都需要智慧，需要"用心""用脑"。不要说一头驴在佛音缭绕的寺院里活一辈子也还是一头驴，即使是一名僧人，如果每天只是敲敲木鱼、诵诵佛经，而不去学习、去思考、去理解其中的内容，那么他也永远都是一个普通的凡人罢了。对于学佛来说，修行和领悟（顿悟）是走路的两条腿，缺一不可的。修行本身就是跟随老师学习和领悟的过程。顿悟也离不开知识的累积和老师的教诲乃至"棒喝"等极端的灵感促发手段。修行是量的积累，顿悟是质变，二者本身就是相辅相成的。

学佛，首先是从"聆听"开始的。

那么，下面就让我们一起来"聆听"《心经》的"说法"吧。

观自在菩萨，行深般若波罗蜜多时，照见五蕴皆空，度一切苦厄。

"五蕴皆空"是这一句的关键。"五蕴"是什么呢？

五蕴指的是"色、受、想、行、识"。

色：指的是人身体的眼睛、耳朵、鼻子、舌头、身体、意识等感觉器官。同时也指物质世界。

受：指的是人体各种感觉器官从外界得来的感受、信息。

想：关于接收到的外界的感受和信息的想法、认识。

行：各种心理活动与意识的形成。

识：记忆与知识。

简单地说，"五蕴"指的就是人的五官感受、知识获取、心理认知、精神活动、意识形态等等，可以说包括了人"活着"的全部内容。

而《心经》说："五蕴"都是"空"的。

现在，电影里，甚至日常生活里都时常能听到"四大皆空""色即是空"的说法，这种佛教用语很多地方、很多人都在用，几乎都快变成了日常俗语了。那么，"空"到底是什么意思呢？"五蕴"——我们所认知的这个社会，怎么就都"空"了呢？

话题稍微扯远一点儿。

关于汉字的起源，有仓颉造字说，也有民众造字说等多种说法，但汉字来源于生活是绝对不错的，人们在日常生活中一点一点地逐步创造出了汉字，所以才会先有象形文字，然后才逐渐有了假借、形声、会意等类型的文字被发明出来。也就是说，汉字首先是表达生活的。然而佛教是舶来品，而且又是"非生活"的，所以，虽然诸多译经大师超凡入圣又殚精竭虑，但佛经还是有些晦涩难懂，因为"译经"等于是用有限的现有词汇来解释一种完全不同文化的"外语"，很多词汇是没法找到对应的语言的。比如我们把日本的生鱼文化或茶道文化介绍到欧美时，因为欧美完全没有这种文化概念，根本就找不到合适的对应单词，往往只好另造新词，或拿来固有的相近的词汇使用，然后再加些注解。

翻译佛经也是如此，所以有些词汇是极其容易产生歧义的。

比如，这个"空"字，很容易让人误解为"无"、"虚"、"消失"、"无所有"、"无所得"，甚至是"放弃"的意思。

但其实，佛经里所说的"空"是"非永恒"的意思。也就是说，佛教认为整个世俗世界都是在不断的变化之中，没有定性，不是"永恒的"，也就是"无常"。换句话说，人们生活的俗世间没有永恒不变、永久不灭的东西，所以都是"空"的。

这里说的"空"的概念至少包括三个层次：

一、人们生活的物质世界。

二、人们对物质世界的认识。

三、人们的精神活动及精神世界。当然，这里面就包涵了人们的精神追求和欲望。

下面，我先来把上述经文翻译成现代文：

"观世音菩萨在展现最高深的智慧及了悟境界时，显现出来的是五蕴皆空的佛法,以此来超度一切苦难、拯救世人。"

换个说法:

"观音现身说法告诉我们,五蕴皆空是最高的境界,也是一个法宝,可以摆脱一切苦难,还可以拿来拯救世人。"

经中所说的"观自在菩萨"就是我们通常所说的"观音菩萨",或者称"观世音菩萨"。在众多的菩萨之中,观音菩萨是比较特殊的一个,她往来于"圣域"和"俗世"之间,拥有多种化身,总是"观"察"世"人的苦难的"声音",救世人于水火,所以才被称为"观世音"菩萨。人们通常还把观音菩萨称为"大慈大悲救苦救难观世音菩萨",这里的"慈"是"给人带来欢乐"的意思,而"悲"则是"拔除世人痛苦"的意思。也就是说,观世音菩萨是去除苦难、拯救世人的代表、化身,而她拯救世人的法宝则是"五蕴皆空",所以经文中才会有"度一切苦厄"的说法。

那么,为什么"五蕴皆空"就能"度一切苦厄"呢?

其实理由很简单:我们前面已经说了,领悟了五蕴皆空,也就是理解了这个世界没有永恒不变的东西,世界永远处在瞬息万变、变化无常之中,那么也就不必执迷于一事、一物、一心,执迷是苦恼的源泉,摆脱执迷,也就得到了解脱,自然可以"度一切苦厄"啦。

很多人有收藏的爱好。集邮、收集各类钱币、收集书签、收集各类纪念章、收集音乐盘、收集电影等等,可谓五花八门。有经济实力的还有收集世界名车、世界名表的;和古人收集善本相似，现在还有收集杂志、漫画的；还有花钱不多、但同样花心思、花精力，比如收集火柴盒的；据说某些权贵甚至还有"收集女人"的。

古今中外，爱好收集的人实在是太多太多了，可最终又怎么样了呢？

收藏品弥足珍贵而又声名远扬，最终为其创办了博物馆或纪念馆，这大约是收藏家最幸福的结果了，可遍观几千年的人类历史，能够做到这一点的，又有几个人呢？绝大多数收藏家的藏品最终都逃不过"散佚"的命运。被子女卖了换几个零花钱的，还算是好的；直接被子女扔进垃圾站的，恐怕也不在少数吧。

我在留学日本的时候，喜欢上了收集电话卡。

说实在的，日本的电话卡有企业卡、文化卡、纪念卡、观光卡，还有个人自由设计卡等等，内容十分丰富，而且印刷精美，放眼世界也绝对是上乘之作。所以，当时收集电话卡的人很多。最初没钱的时候，一有时间便挨个电话亭转悠，捡别人用完的卡。后来有了些富余，便开始买一套又一套的新卡。和任何一个有收藏爱好的人一样，为了收齐一个系列，不惜上网查、竞拍、托人，可谓煞费苦心。然而，这个世界变化实在太快了。手机以超出想象的迅猛速度普及，电话卡诞生也就三十年左右，便踏上了退出历史舞台的不归路。再加上自己工作忙、年龄渐长等原因，我对收集电话卡的兴趣也就渐渐地淡了下来。不再收集了，可新的问题又来了。面对已经躺在书架角落、价格却超过百万日元的电话卡，实在不知道该怎么处理。

因为电话卡的使用范围和实用价值越来越小，所以价格已经跌到了谷底，当年自己高价买来的卡，现在以不足面额的价格卖出，经济损失还在其次，心理上实在不好接受。可就这么放着吧，又是浪费，再说，留着又能干什么呢？将来留给孩子吗？恐怕孩子都会当成负担。——就这样，当年自己兴致勃勃收集来的东西，现在不仅占地方，还不大不小地成了个心理负担。

——这就是：执着一事的"苦"。

而不惜钱财，一心想"收集全"的做法，大约应该算是"欲望之苦"吧。

也许有人会说：收集本身就是一个学习的过程。

这话听起来似乎有些道理。但是细想想，现在知识传媒如此丰富，有书籍、有网络、有学会、有专家，还有专业论文，只为学习又何必非要把东西攥在手里，又何必那么重视"拥有"、"齐全"呢。

也许还有人会说：收集的目的不管是出于爱好，还是出于消磨时间、缓解寂寞，至少在收集的过程中，是有成就感、是快乐的。

这个说法是有道理的，也没有反驳的必要。然而，仅从收集电话卡一件事情上就不难看出，这样的快乐是一时的，绝不是长久的，甚至可以说是一喜一忧。快乐也是有层次的，而最高层次的快乐则是永恒的快乐，而要达到这个层次，不用说，是要从彻底解脱烦恼开始，要以一颗平静的心为基础。

以前去西昌出差的时候，在一个西南偏僻小站遇到了几个乞丐。于是，我去买了两瓶酒、花生米和几个馒头，与几个乞丐就在街边儿席地而坐，一边吃喝一边海阔天空地侃了好一会儿。

　　类似的话题我在前面也提到过，因为做过不止一次，而且给自己留下了深刻的印象。当时，自己很为自己的这种"可以和各层次的人打成一片的壮举"自豪并吹嘘了好一阵子，现在想想，其实不过是自我虚荣、自我夸示的表现罢了。当时具体都聊了些什么，已经完全不记得了，但乞丐们看到吃喝时那种眼睛发亮、脸发红，以及狼吞虎咽的样子至今依旧深深地印在我的脑海里。

　　小的时候家里很穷，爸爸妈妈偶尔会买些绿豆糕之类的点心，但也都是给爷爷奶奶专用的，一般会放在柜子的高处。有时候，我实在忍不住美食的诱惑，便趁父母不在，偷一小块儿绿豆糕吃，那种"好吃"的感觉实在是一种快感，也许应该称为"感动"吧。那种感动终生难忘，但也仅仅局限在了自己的回忆里，因为长大以后，再吃多少绿豆糕，甚至比绿豆糕高档、美味得多的东西，却再也体会不到那种感动了。当然不是绿豆糕的味道变了，而是长大后自己的快乐沸点提高了。

　　后来来到日本，也有机会品尝到各种世界级美食，吃到美味佳肴时，当然是很"愉快"的，但有一天，妻子问"今天晚上想吃什么啊？"我想了半天，却惊讶地发现，自己真的没有什么想吃的，所以渐渐地给妻子的回答变成了"什么都行"。偶尔会怀念起家乡的料理，或想起妈妈炖菜的味道，然而真的回家探亲，吃起来却总觉得和记忆中差了那么一大截。

　　人生的变化、经验的积累和知识的丰富并不会降低人们的欲望追求，比如对美食的追求，然而却可以提高人们的快乐沸点，使人们越来越不容易得到快乐。不把自己放"空"，也就无法从欲念之苦中解脱出来。跳出日常生活中各种欲望的小圈子，我们会发现，有一种快乐，是可以永恒的。

只有"五蕴皆空"才能"度一切苦厄"——这既是观音菩萨传给我们的佛法教诲，也是摆在我们面前的一个终极课题。

蛇足

曾有一位中小企业的社长来我这儿咨询，说出了他心底的小烦恼：

公司经过几年的打拼，逐渐走上正轨并开始营利。面对高达近40%的法人税，社长开始考虑"合法"节税的问题。其中的一个做法是：买了一些名牌包儿、名酒之类——相当于六折买名牌，还是划算的嘛，必要的时候还可以当礼物送给客户嘛。可是几年下来，名包名酒买了不少、也攒了不少，放在那儿占地方，放久了又担心劣化。偏偏这位社长还是个很节约的人，属于那种"东西不用坏就舍不得扔"的主。

为"拥有好东西多了"而烦恼？听了这样的咨询，我不禁莞尔。

我给他的建议也很简单：年末作为临时福利发给社员。

据说后来那家公司的福利越做越好，社员的离职率特别低，公司现在也在稳步成长。

世界上有多少个家庭，甚至可以说有多少个人，就有多少种花钱方式。

"月光族"——在别人眼里看，把钱都花光了，一点儿不为今后着想，万一遇到什么事儿可怎么办？

我的邻居中有一对夫妇，丈夫在美国企业工作，收入真是不错，年收估计两三千万日元都不止，但两口子花钱也真不含糊：一人一台上千万的车，而且一台车顶多开五年就要换；一年几次海外旅行；丈夫喜欢名牌鞋，买鞋时一向是同一款鞋买两双，一双穿、一双放在柜子里当收藏……据两口子自己说，家里没什么存款，美国公司也没有退休金、养老金之类——但在我们地域，人家两口子活得是公认的"潇洒"。

节约派——在别人眼里看，本可以活得更好些，但就是舍不得花钱，牺牲现在的生活质量去攒钱，值吗？死了又带不走。

我认识的一位社长，曾在大连投资建厂，赚了一大笔，据说资产得有几个亿。但两口子活得真是节约，旅游一定要抢"大酬宾、大特价"；因为自己的工厂在大连，所以在日本属于"无职业"，一家四口人十几年连医疗保险都没舍得加，后来还是大儿子工作了，父母妹妹都以大儿子的抚养人名义加的保险。后来有一天，妻子突然病危，丈夫却舍不得让妻子住特护病房，结果弄得妻子的朋友们大都和他绝交了。

记得大学毕业实习去敦煌的路上，路过西安，早知道西安的饺子宴有名，原本下决心要去吃的，可到了当地一看价格又觉得贵，犹豫再三，最终还是没吃。后来在国内的几年里，一直也没机会去西安，就这样，不知道饺子宴的滋味就去了日本。现在我在大学里教"地域与文化"这门课的时候,有一节是介绍中国各地美食的,讲到西安、想介绍饺子宴时,只好含混带过。当年为了节省几十块钱,竟然让我后悔到现在。

"钱"实实在在地是我们生活中的一个组成部分,是不能缺的。我们如何能修行到把"钱"看"空"呢?又有那个必要吗?

重要的是如何花"钱",如何对待"钱"。

哪种花钱方式是对的?恐怕没有正确答案。

哪种价值观是崇高的?恐怕谁也说服不了谁。

多数人的做法、社会的普遍理念就一定对吗?

看不"空"就一定是修为不够吗?

其实,只要别做金钱的、物质的奴隶就好。

舍利子,色不异空,空不异色。

这里的"舍利子",可不是我们常说的佛的骨头"舍利子",而是人名。又叫舍利弗,是佛祖座下众多弟子之中最聪明的一个。在佛祖十大弟子中号称"智慧第一"。据说佛祖曾声称:把自己所有的弟子都集中到一起,其智慧的总和也达不到舍利弗的十六分之一。——很有些曹操称赞自己儿子曹子建文学修养的味道。

所以,这段经文是观音菩萨以舍利弗为对象,来阐述《心经》的要谛。如果说前面阐述的"五蕴皆空、度一切苦厄"是一个目标、一个命题的话,那么,下面告诉我们的则是具体的方法论了。

"色不异空"——"色"和"空"没有差异,"色"和"空"并不矛盾。

前面我们说过,"色"指的是人身体的眼睛、耳朵、鼻子、舌头、身体、意识等感觉器官,同时也是指我们所面对的物质世界。我们生活在物质世界之中,"东西"就在我们身边、就在我们眼前,怎么就能说"空"了呢?如果没有物质,人类又如何生存?要说物质世界是"空",确实不容易让人信服。

但我们在前面说过,"空"并不是"没有"的意思,而是"变幻无常、没有永久的存在"。但即使这样,说物质世界是"空"的,特别是说自然界是"空"的,还是很难理解。

记得大约十多年前吧,为了打发坐电车时的无聊时间,攒了好长时间的钱,终于下狠心买了一个 9 英寸的携带式小电视机。当时又有电视功能、又小巧便于携带的电器并不多,所以价格也很昂贵。高兴之余,因为贵,不仅有些舍不得用,还特珍惜,真的有些"时时勤拂拭"了,甚至为了保护机体,还花了几百块买了一个精致的真皮套子。

没想到,这世界真是变化太快了。没多久就有了带电视功能的手机,再后来到了高智能手机时代,电视功能已经成了所有机种必备的最普通的功能,现在甚至出现了带电视功能的手表。如今,随着自己生活水准的提升,随时更换高智能手机已不是什么难事儿，当年唯恐"染上尘埃"的小电视也早就躺在抽屉的灰尘里了。

类似的经历还不止这一个。数码相机刚出来的时候，不仅像素低，个头更是大得像块砖头，价格却是现在的几倍。刚买回来时，带着兴奋劲儿，拍了一大堆的照片，差不多把家里的每个角落都拍遍了。可也就几年工夫，数码相机已经换了好几代，最初的、恐怕也是买的时候最兴奋的那一个，却早已不好意思拿出来用了。不过也许百十年后，要是还在的话，说不定可以拿出来当古董"炫耀"一番。

和我有类似经历的人恐怕不在少数吧。记得三十多年前，还是改革开放萌芽期的时候，风传人民币要贬值，也就是现在所说的通货膨胀，很多人为了保值，最终选择了买东西。当时去一些叔叔伯伯家，在好几个人家里，看到没开封的彩电或者冰箱摆在角落里"保值"。当时还是孩子的自己心里充满了羡慕和对人家"远见卓识"的景仰。不知道后来，他们的这些彩电或冰箱是怎么处理的，大概在儿女结婚的时候用掉了吧。假如他们"保值"到现在，恐怕一台当年的彩电已经换不到一袋大米了。

在日本和一个六十多岁的老太太聊天时听她说，上次搬家的时候，很多值得回忆的东西舍不得扔，装了十几个纸板箱搬了过来。可是，搬家二十几年了，那十几个箱子一次都没碰过，到现在还原样躺在收藏间里，现在已经完全没有了打开的欲望和勇气。可已经"保存"了二十几年、扔了又觉得可惜，现在已经成了不折不扣的"鸡肋"——回忆的概念固化在东西上，东西已经尘封、像枷锁一样锁在心上。

物质世界确实是变幻无常的，想在物质上追求一种"永远"，又怎么可能。对物质的执着和追求往往带来的都是一场空。任何一点儿物欲都会有反动力，给自己的心带来相应的负担。物欲越强，反动力也越大，最后总会对心灵形成束缚。

我们说"色不异空"，并不是硬要把眼前的物质世界、把眼前的东西看成"虚无"、当作它不存在，而是说不要被物欲牵住我们的心，从而摆脱不必要的心灵束缚。物质世界没有永恒，有变化就会有波澜，有波澜就不可能平静，平静而永恒只能在我们心里。该"时时勤拂拭"的是我们的"心"，而绝不是一个小电视或一个数码相机。

要想摆脱物欲，首先要体会"色不异空"的味道。

人们常说"物欲横流"，说得多了，也就成了一个空空的概念，没觉得有什么大不了的了。可大家还记得吗？也就是几年前的事儿，苹果最新型的高智能手机上市，一个不到二十岁的年轻人为了买到一款手机，不惜卖掉了自己的一个肾脏。还有一位，甚至卖掉了自己的眼角膜，难道他不知道手机是要用眼睛来"看"的吗？——看到这个消息的时候，我真的觉得自己的脊梁骨有些发凉。物欲太可怕了。

也许有些经济实力的大人会说：为了几千块钱就卖肾，太不值了，以后的路还长着呢，怎么这么傻？——那我们不妨反问一句，是不是几百万、几千万就值得了呢？

可见说这话的人恐怕也同样漂浮在物欲的漩涡之中，只不过他为物欲动心的价格比卖肾的年轻人高一些，或者他不是以卖肾的形式表现出来罢了。同样，卖肾和卖眼角膜的人，即使这次悬崖勒马、没有卖掉肾脏或眼角膜，恐怕早晚也会在某个时候、为了某件东西卖掉自己的肾脏和眼角膜或身体的其他某个零部件儿，理由很简单，脱离不掉物欲之苦，早晚得为自己的物欲"买单"。

有物欲就有烦恼，特别是在物欲无法得到满足的时候。物欲，未必是最大的，但却是我们身边最近的、最直接、最普遍，也最没被重视的"业障"。

也许有人会说：人被身外之"物"牵着鼻子走，当然不值得；说物欲会带来烦恼，没错；不过，大自然就不一样了，大自然当然也在变化，但相对于"人"的短暂一生来说，大自然的变化无常根本就不算什么；而且就算大自然变化不定，也终归是"自然"，和"人"的烦恼又有什么关系呢？中国传统文化土生土长的道家教诲我们，要天人合一，那么，强调"自然"为"空"又有什么特殊的意义吗？

其实，不仅人类生产制造的、生活周边的物质东西是"空"，就连大自然也是这样。不是有这样一句话嘛——"沧海桑田"。

据说九寨沟的水因为游客太多，已经大不如以前清澈了。20年前北京的天还是蓝蓝的，没有什么PM2.5。地球温暖化，连南极、北极都因为冰的融化在缩小。乱砍滥伐让森林变成了荒漠，这个世界大草原的面积在迅速减少。福岛的一次大地震，就让周边的几十公里范围变成了无人村。——谁说大自然的变化微乎其微？谁说大自然的变化可以忽略不计？自然界给人类带来的烦恼还少吗？

有意思的是，人类越想改变大自然，大自然给人类带来的烦恼也就越大。细想想，我们常常自诩的所谓"人定胜天"，其实不就是人类向自然界提出的"物欲"要求嘛。

　　也许有人会说：自然美景赏心悦目，何必非要将其看"空"呢。管他什么"空"不"空"的，美美地欣赏大自然，不是很好吗。

　　自然美景赏心悦目是不错，但也要看观赏者的心态和心情。日本的很多观光名胜，比如三原山、青木原树海、华严瀑布、东寻坊、足摺岬、三段壁等等，同时也都是著名的自杀圣地。世界各国的观光名胜大都如此，法国的埃菲尔铁塔、美国的金门桥、科罗拉多大桥、美国、加拿大的尼亚加拉大瀑布、澳大利亚的盖普断崖缝隙风景区、英国南部的白色断崖、韩国的汉江、中国的黄山，无一例外的都是自杀名地。观光、自杀，景致相同，心情应该是大不相同吧。电影"非诚勿扰"里面，舒淇演的女主人公把自杀的地方选在了初恋之地，前后两次造访，北海道依然是北海道，而主人公的心理却急剧变化，甚至可以说已经不是一个人了。——是景致变了呢？还是人心变了呢？

　　我们总说"物我两非"，其实只要我们自己有一颗平静的心、只要我心恒定而安宁快乐，就算"物、我"两样都变了，又有什么关系呢？快乐的时候，就算居于陋巷、就算只有粗茶淡饭，快乐也是不变的。

　　物质也好、大自然也好，我们说它瞬息万变，我们说它是"空"，其目的不是给物质世界下定义，我们现在考虑的不是天体物理学。说到底，对于讲求精神修炼的佛教来说，物质世界只能是以我心为本位的物质世界,我们探讨的是一个哲学课题。前面我们已经说过,"色不异空"是方法论,强调物质世界的"空",只是领悟"我心空灵"的手段、工具罢了。当我们真正领略到了"心空",物质世界就真的成了"身外之物",它是"空"也好,它"不空"也好,都于我心无所加,都不再重要了。

"天人合一"说的是把"心"虚化,让人跟着"自然"走,而"色不异空"讲的则是把自然"虚化",让我心不被外界影响,讲究的是认识了"物质、自然"的"空"之后而超越它,从而达到我心恒定的境界。

下面我们再来看看"空不异色"。

"色不异空、空不异色",似乎是相同的内容反复在说,而在中国的古籍之中,用这种反复的手法来表达强调的做法更是司空见惯的。然而,《心经》这里的"色不异空、空不异色"以及后面的"色即是空、空即是色"等等表现却不是单纯表示强调的反复,这里的前半句和后半句虽然意思相近,但概念不同,层次也不一样。

"空不异色"——字面上看,"空"和"色"没有差异,"空"和"色"并不矛盾。但这里还有更进一层的意思:"空"的境界,或者说达到了"空"的境界,或者说我们领悟了"空"之后,又如何呢?

——其实又能如何呢?

即使是高僧大德,大彻大悟后也不可能飞升到另外一个世界去,也不可能一下子不食人间香火了,更何况是我们常人。

"悟"了，看"空"了，我们依旧生活在这个世界里，我们依旧会面对"色"的世界，所以才说"空不异色"。

——只是"空"之前和"空"之后的境界已经完全不同，有着云泥之别。

要说柳下惠怀抱美人却不为所动，那是有着超人的意志力。然而高僧却不需要特别的忍耐力，因为看"空"了，"悟"了，就已经超脱了"色界"的诱惑、本来就没有欲望，又何须什么定力，又何须忍耐什么！前面提到的年轻美女暖身子的故事，美人既然是来给自己暖身子的，大可坦然而受，既暖又软，却没有什么其他的邪念。又何必非要看成是"枯木"呢？

其实，"空"、"悟"这样的境界并不是高僧大德专有的。因为"悟"应该也有层次的差别，即使我们达不到大彻大悟的境地，但只要小有所悟，我们就会看到另一片全新的世界。

沿着刚才的话题，我们接着来说说男女的话题。说男女话题时，首先需要声明一点，笔者是男性，习惯了男性的思维方式，所以说话中总难免或多或少偏重一些男性视角，这一点绝对不是什么性别歧视，还请大家事先谅解。

年轻的时候，看到自己喜欢类型的美女，哪怕只是在电视里面，都会好兴奋，甚至会性冲动起来，有时候甚至会不自禁地用目光去剥人家的衣服；然而大约是过了四十岁左右吧，有美女走过的时候，依旧会看，依旧会觉得赏心悦目，然而却不再会渴望目光能穿透衣服了。——在这里讲这个问题，当然首先要排除性欲衰退的要素。另外，也不是说随着年龄的增长，兴奋沸点就升高了。而是作为男人对女人多少有些"悟"了。至少可以说，知道了女人最可爱的不是外貌和肉体，也知道了"肉欲"只是生活中最最普通的一部分。

记得几年前，被称为 IT 行业风云儿、后因经济犯罪而被捕的日本活力门社长堀江贵文曾说过，自己月收入达到一百万日元之后，就没什么物欲了。还曾在杂志上看到好几个大富豪说过几乎同样的话：财产达到一定的数值之后，就只是账号上的很多个"0"罢了，变得已经没有更多的意义，自己也已经不再动心了。

类似的体验我也多少有一点儿。

收入达到了所谓中产阶级以上之后，又过了一段时间，才突然意识到，自己好像没有什么特别想要的东西了。几年前，想买高档手机，想买平板电脑，可现在虽然还是没有，却绝对不会像以前那样时时浮现在脑海里，也不再有"怎么都想拥有"的欲望了。

我还有一个体验，不知道有多少人会有同感。

在经济上还不大宽裕的时候，有一阵子突然羡慕起了名牌儿，自己比较喜欢的名牌儿是来自意大利佛罗伦萨的"古驰"（GUCCI），记得第一个买的是名片夹，刚买来，又兴奋，又想在人前显摆一下儿，却又有些舍不得用，总之是很抓挠的心态。似乎用"古驰"的日子和不用"古驰"的日子，自己的心情都是不同的。可如今，自己有了很多件"古驰"，却不那么动心了。现在有时还会买，但买的已经不再是"古驰"的"名"和"牌儿"了，而是为了它的美观、设计和质量等等。

换个说法,就是现在买的已经不再是"虚荣",而只是一件实实在在的生活用品罢了。再多说一句就是:人心变了,"古驰"是无罪的。

在名牌儿上如果你和我有着近似的体验的话,那你一定会有下面这样的感受:看到别人在名牌儿柜台前踟蹰不前,或者看到因为戴了名牌儿便"昂首挺胸",便不自禁地会在心里说——"还欠修炼"啊。而看到"卖肾买手机"的新闻,便真的觉得好悲哀好悲哀,因为用不了几年,"卖肾人"一旦工作了,就会知道,买一部手机是那么的容易,为了一个"东西",或者说为了"炫耀"的"物欲",卖一个肾的代价太大、太不值了。

记得自己刚来日本的时候,在街上看到一位神采奕奕、满身名牌的男子,不自禁地对身边的"前辈"说:这家伙好像挺有钱的。没想到前辈却告诉我:可能性不大。——现在拎着公文包满街走的,几乎都是搞营业的打工仔,其实,反倒是那些穿着木屐、穿着像浴袍一样的和服在超市里溜达的老爷子,是有钱人的可能性倒是特别大。后来我注意到,越是有钱人越相对朴素,也越不大"炫耀"名牌。

为物欲所累的人太多而又不自知,甚至沉浸在追求物欲的"享受"之中。

越是"没有",想要得到的欲望就越强烈,"有了"之后才悟到其中的魅力其实并没有想象的那么大。甚至有时候会惊觉:自己为了这个付出那么大的代价,到底值不值。

就比如说"房奴"。为了一套房子,节衣缩食、牺牲了娱乐、牺牲了爱好，甚至牺牲了部分子女教育，有的还牺牲了自己换工作的权力，到底值不值？如果一生几乎变成了就为了一套房子，那我们的心灵又往何处，这样对吗？放掉对一套房子的"执着"，去拥有一个自由而恬淡的"心"，不好吗？——难道"房奴"也一定要体验之后才能"悟"吗？

是的，上面的很多例子我们都想当然地归结为"经验"，其实我们不是非要"体验过了"才能"领悟"的，因为佛反复在教诲我们：抛弃、淡化"物欲"是一种幸福——"空不异色"嘛。

这就是佛的智慧，是前人的智慧，是先知先觉的智慧。而这些智慧的最大用处就是，我们什么事情不必等到自己碰得头破血流才能领悟。

蛇足

讲了这么多"色"与"空"的话题，在这里想讲一点儿我们日常生活中所说的真正的"色欲"的事儿。

不知道是什么原因，总听到国人说：日本人很"色"。

也许是日本的AV在国内的火爆和苍井空等日本AV女优在国内的人气造成了这种认识。

那我们就先来说说日本的AV。

早有分析文章介绍过，日本AV受欢迎，主要原因是摄影技术比较好，不像欧美作品那样，一味强调特写；而在强调特写时，往往要由男演员手持摄像机拍摄，一人身兼二职，据说这是个很高难的技术活儿。而国人容易接受日本AV还有一个重要原因，就是同为东洋人的日本人，在肤色和身材等方面比较相近，有"亲近感"，不像欧美人那样，属于异类人种。也就是说，AV 的人气是属于商品质量和消费心理的话题，和国民性没有多大关系的。

其实，"日本人色不色"并不重要，跟我们也没多大关系。反倒是 AV 这个东西，最近带来了一些意想不到的后果：

在日本，因为 AV 不违法，所以很多年轻人是看 AV 长大的，AV 是他们（她们）的性启蒙老师，是他们（她们）性生活的教材。其中的一部分人不是"AV 中毒"，而是被 AV 洗了脑。据介绍说，这些人有身体需要的时候，经常靠看 AV 解决，久而久之，不仅离不开 AV，而且还把 AV 中的一切都看成是天经地义的了。于是便出现了这样的情形：有的人交了女朋友，上床宽衣解带之后才发现，面对异性的裸体，竟然没有反应。因为没有 AV，因为已经习惯了 AV 的刺激方式。

据说还有的人太把 AV 奉做金科玉律了，有人在第一次见到真人裸体的时候会问"呃？你那个地方为什么会这样？"——这个估计是看特定类型的 AV 片看多了。还有一部分人的结论是：真人远没有 AV 的"效果"好。

挺让人吃惊的吧。

"性"界变化很快啊。

至少我们知道这个世界上已经有了这样一个形态：不用再修炼什么佛法来看"空"这个"色界"，有些人已经成功地把"肉体"看作了臭皮囊了。

色即是空
——色就是空。

对于了悟的人来说,"色即是空"是一个境界。但是,对于修佛的凡人来说:

如果我们说"五蕴皆空,度一切苦厄"是一个课题、是一个目标,如果我们说"色不异空、空不异色"是方法论的话,那么,"色即是空"则更接近于实践准则,也许说成是"实战指令"更准确——面对大千世界,要时时以"色即是空"来警醒自己。既然知道了"色不异空、空不异色",既然知道了对欲望的执着会伤害我们自己,那么,生活在物质世界这个"色界"之中的我们,在禁不住物欲、肉欲等诱惑的时候,不妨多想想"色即是空",用佛的这个教诲来警醒自己,用理性的智慧来平静欲望。

"色即是空"是一个概念认定的过程,我们可以把"色即是空"作为一个意识、作为一个概念固化下来。

在整体上宗教信仰非常稀薄的中国,媒体、教材上总会看到唯物主义和唯心主义的字眼,而且在唯物主义面前,唯心主义似乎总是抬不起头来。其实,唯物主义是以物质世界为基准,强调外界对人心的影响,淡化人心的能动性;反过来,唯心主义强调人生的主旨在于一心,淡化物质世界。就好比,"天人合一",讲求的是人去顺应自然,达到和谐。而佛家讲究的"色即是空"是以我心为本原,在人的精神世界里,让物质世界适应人心，以达到统一、和谐。可以说，唯物主义和唯心主义只是哲学概念，并没有优劣、高下之分，因为是哲学概念，所以更没有对错之分。

追求修炼心性的佛家当然是唯心主义。

不过，唯心主义只是把视角放在"人心"上，以"人心"为主体来思考问题，并不是瞪着眼睛说瞎话般地，非说物质世界不存在。"色即是空"只是一个比喻罢了。

以前我在报社做记者的时候，主编个子不高、胖乎乎的、却极其好酒。当时宴会还挺多的，宴会结束时，主编经常会把大家杯子里的剩酒都拿过来喝光，同时还有一个口头禅：酒是粮食，可不能浪费啦。——口头禅大概只是个借口吧。明知道喝酒，特别是饮酒过量对身体不好，可是却禁不住欲望的诱惑，久而久之，欲望已经成了习惯，有酒而不喝怎么行？

其实，主编的例子可能过于极端，但类似的现象在我们身上或多或少都有一些吧。

比如我自己吧，在喝酒上就有类似的体验。比如已经喝得差不多了，准备结束的时候，突然发现菜剩了一点儿，为了打扫干净菜，通常自己会去再开一瓶啤酒。如果说最初喝的酒是一种"幸福"的话，那最后这一瓶啤酒就完全是一种惯性了。——欲望的惯性。其实，再喝下去已经不再是"快乐"，再喝下去也许就会危害到健康，再喝下去也不过是增加一些排泄物罢了，可是在欲望的惯性下，自然地伸手去再开一瓶啤酒。不是不知道因果，不是不知道再喝下去也是"空"，是根本就没有去想过"色"和"空"的因果。——所以说，我们凡人似乎是应该时常在心里念叨念叨"色即是空"的,这就是我们能做到的"时时勤拂拭"般的修炼。

如果"色即是空"的意识形成了惯性,那离"悟"恐怕也就不太远了。

"色即是空"的教诲就好像是座右铭一样,时时"放"在身边,时时想起来"看"一眼,就会让我们少些不必要的欲望,多些安宁,少些烦恼。

前些年在日本做公司的时候,刚开始非常辛苦,最让人头疼的就是社员的稳定问题。公司刚起步,社员又大部分是外国人,流动性很大。外国人来日本工作,大多数人就是为了多赚些钱,然后回国,再加上大家都很年轻,所以相当一部分人不愿意加入健康保险和养老保险、雇用保险之类的社会保险,结果和公司的纽带很淡,使得跳槽很容易也很方便。其实,给社员加各种保险,和不加保险相比,公司一个月要多支付四五万日元,当时我们公司还额外给社员加了退职金保险,说起来,福利算是蛮优厚的。可有些社员不看这些,只看表面工资的多寡,有时候,别的公司在表面工资上多给几千日元就会跳槽走人,我们心里觉得惋惜,便百般说明、劝阻,可几乎所有人都不会听,反倒弄得我们心里一肚子火。特别是一些你花心思培养、感情也投入很大的社员,为了表面的几千日元就轻易选择跳槽,那个时候,心里真的很生气,有时候甚至会吵起来、不欢而散。

后来,类似的现象经历得稍微多了一些,知道劝说没用,生气更没用,要走的早晚会走,自己反倒沉静了下来。于是,不管是谁，我们都采取好聚好散的原则。没承想，那之后很多跳槽走了的人，转了一圈之后又回来了。

其实，这又何尝不是"色即是空"的智慧呢。不以自己的"欲望"判断是非，不再强求，淡淡地淡而处之，少了很多烦恼，结果又变好了。

既然最终都是"空"，又何必苦苦强求。"色即是空"既是一个悟道的境界，同时也是时时警醒、鞭策我们的箴言。"色即是空"既是我们追求的目标，同时也是我们追求目标过程中的手段。

蛇足

我们再回到"日本人色不色"这个话题上来。

还是那句话，日本人色不色，我没有评判的资格，但是有一个数字应该很有说服力：据统计，日本夫妇年平均做爱次数只有一位数，也就是说，一个月平均不到一次。难以想象吧。要知道，年平均做爱次数最多的国家可是将近三位数的。据媒体介绍，很多夫妇有了孩子之后，性生活便逐渐减少，甚至有些夫妇到了"无性"的程度。

那"性欲"怎么解决呢？

估计很多人是靠"风俗"来发散的。

日本人之所以被认定为"很色"，可能就和其"风俗"行业很发达有关。

"风俗行业很发达"这一点倒是事实。基本上来说，日本的风俗行业是合法的（当然，没有正式登记拿执照的不法店铺还是有的），风俗的种类也很多，而且还都很人气、很红火。但最让我觉得惊讶的还是日本人对待风俗的"开放""轻松"、"随意"的态度。

公司聚会的时候，男社员会聚在一起大谈风俗体验、交换心得，甚至会向其他人推荐自己喜欢的店铺、小姐。

当年我们公司有一位社员，新婚之月还继续保持着逛风俗店的"传统"，估计当然是瞒着老婆的，不过却没有瞒同事，结果在公司聚会上被拿出来当"事儿"讲，害得我这个主管人事的"死板的外国人"还说教了人家半天。

很多已婚男人甚至会大胆地把风俗店的发票、会员卡，甚至是小姐的名片放在钱包里带回家，据说一些日本的妻子把丈夫的这点儿劣迹看得很淡。

去风俗店的人，从二十来岁到七八十岁，几乎什么年龄层都有——这也难怪，什么年龄层的人都有生理需求嘛。据说还有家长利用风俗店来对男孩儿进行性教育的。

有一位风俗店的小姐在自己的博客上写道：高中老师要组织学弟学妹们到前辈的职场参观，现在"能不能接收"的问卷调查邮到我这儿了。大家什么意见？我是接呢，还是不接？——也许就是这份轻松快活劲儿吧，得到了点"赞"一片。

甚至有艺能人在电视上公开发言表示，自己是风俗店的常客之类……

说这些绝对不是要美化"卖春"、给"风俗"正名，也绝不是强调肉体肉欲是可以和"爱"分离的。但我们是在讲经、在说"色"与"空"嘛，写这些只是想说：风俗再不好，去逛妓院的人再不"高尚"，至少也只是想满足一下自己最原始的生理需求，至少比部分高官拿"包养过多少女人"来吹嘘、来"自我实现"，甚至还要写一本"香艳日记"来证明一下自个儿的举动要纯朴得多。

空即是色
——空就是色。

按照我们日常的逻辑来说，"色不异空"的命题如果成立的话，那么，"空不异色"自然也是成立的；同样，"色即是空"成立的话，那么，"空即是色"自然也是成立的，似乎不必再多解释什么。

但在佛教概念里面，"空即是色"却和"色即是空"有着不同的含义。如果说"色即是空"是强调人们应该在现实生活中，把这个概念深深印在脑海里，时时警醒自己的话，那么，"空即是色"则是强调人们在理解、领悟了"空"的概念后，对现实社会——也就是"色界"的回归。因为"悟"了，我们也要继续生活下去。

假如我们"悟"到了"空"的奥义，那我们该怎么办呢？我们又能怎么办呢？

我们不可能飞到天上去。

我们还是要生活在这个世界上。

那么，同样生活在这个世界上，"悟"了和没"悟"，又有什么区别呢?

禅宗的大师们大都坚信并奉行着这样一个信条:"一日不做、一日不食"——"一天不干活、一天就不吃饭"。要知道,从古到今,寺院一般来说都是很富有的,特别是那些有名的大寺院,而要用我们世俗人的"标准"来看,高僧大德们既有信者的顶礼膜拜,又有弟子的追随,可谓"钱、权、名、利",一样都不缺。然而,正是这样的高僧大德们却身体力行地实践了"一日不做、一日不食"。

为什么?

其实,原因很简单:大师们在用自己的行动告诉我们,"空"也好、"悟"也罢,是和我们的日常生活紧密相连的,"空"不是游离于我们"日常"之上的高深莫测,更不要去别处寻找"空","空"就在我们的日常之中——这才是"空即是色"的意义所在。

话说文偃禅师和一个僧人探讨佛法。

僧人问:"佛是什么?"

文偃禅师答道:"干屎橛"。

这里需要说明一下,"干屎橛"不是我们现在意义上的"干巴巴的大便"的意思。古人没有卫生纸,上厕所之后用一根棍儿来擦屁股,这个擦屁股的棍儿就叫"干屎橛",相当于现在的厕所纸,还有一个更文雅的名字,叫作"厕筹"。

类似的禅门公案有很多,比如:问"何为佛祖西来意?"答曰"庭前柏子树"。而道家中也有一段类似的对话。

说是东郭子向庄子问"道"。

东郭子问:"所谓的'道',到底在哪里?"

庄子回答说:"无所不在。"

东郭子问:"你能再说得详细一点儿吗?"

庄子答道:"在蝼蚁。"

东郭子问:"怎么会那么微小?"

庄子答道:"在嫩芽稗谷里面。"

东郭子问:"那不是更加卑微了吗?"

庄子答道:"'道'在屎尿里面。"

在这一点上,佛家和道家倒是意见相同了。其实,说"佛"是干屎橛,说"道"在屎尿里面,都只不过是一种"棒喝"式的比喻,无非是强调"佛""道"就在我们身边,就在"日常"生活里,就在我们心里。

说"空即是色",至少应该包括下面四层含义:

第一,"空"是我们日常生活的智慧。

不要说修炼成佛,恐怕我们凡人一辈子连菩萨、罗汉、金刚也修炼不成。但是,这并不影响我们吸收佛家的智慧。

我们也许无法领会大"空",但理解了一点儿小"空",也足以让我们的生活充满智慧。我就曾小有所悟。

我是东北人,因为气候冷的原因吧,东北蚊虫相对少许多,所以,我这个对虫子之类的又厌恶又害怕的大男人,在东北没觉得怎么太难受。可到了日本后，却接受了蟑螂的洗礼。东京本来就比东北暖和得多，又是海洋气候，比较湿润，蟑螂不仅多，而且个头大。可能和当时住的楼房比较老旧有关，我觉得自己家里，就是蟑螂的天下。有几次，蟑螂在晚上甚至爬到了自己的脸上。

没办法，只有战斗。蟑螂出现了，首先是打，虽说打烂了有点儿恶心，可也没办法。但没想到，日本的蟑螂竟然会飞，打得满屋子"鸡飞狗跳"的。说实话，在中国东北，蟑螂本身就不那么多见，我还真没见过蟑螂飞。

打的效果不好，于是去买各种治蟑螂的药和工具。其中的一款蟑螂药可把我害苦了。说明书的说法是：这种药打开后会散发出一种蟑螂喜欢的，却对蟑螂有毒的气体，这种气体会把蟑螂吸引过来、集中消灭。

准备好大战蟑螂的当天，先把食物都收好、防止被"毒气"污染，然后按照说明书把药打开、放好，最后便带着家人外出了。几个小时后回家检查战果——战果实在是太大了，或者说蟑螂药太强了，我估计药香把我们整栋楼的蟑螂都引来了，小小的三居室的地面和榻榻米上，横七竖八地躺着上百只死蟑螂，有的半死不拉活地还在挣扎。——我第一次有了"恶心"的感觉。那之后，我对蟑螂也有了心理阴影。连蟑螂经常出没的厨房碗柜和冰箱都不愿意靠近了。

后来，还是和儿子的一番对话让我略有所悟。

我说："最近这蟑螂怎么好像又多起来了。打也打不完。"

儿子说："据书上说，蟑螂是不能打的。因为被拍扁的蟑螂会散发出一种气味，这种气味会把别的蟑螂吸引过来。"

我说:"不拍怎么办啊?还有其他的好办法吗?"

儿子说:"不要把蟑螂拍烂,据说只要拍打蟑螂附近的地板就可以了。震动会告诉蟑螂:这里很危险。而一个蟑螂又会把危险信号告诉其他的蟑螂。这样,蟑螂出现就会少得多了。"

"可蟑螂并没有被打死啊?"我抗议。

"人又怎么能彻底消灭所有的蟑螂呢。只要它们不来烦你,不就完了嘛!"

细想想,在自己家里看到了蟑螂也好、毛毛虫,或者苍蝇、蚊子也好,不消灭它不罢休的心理,似乎是很自然的,大概人人都有吧。甚至没打着,蚊虫跑掉那一瞬,心里多少会有些懊恼和对再次遭遇的"担心""厌恶"吧。

也许从没有人再认真地想深一步:

1. 就以蟑螂为例,不管你怎么讨厌它,可人类无法灭绝蟑螂,这已经是铁定的事实。

2. 蟑螂就生活在我们身边,房顶、地板下、墙缝里,形成了蟑螂自己的"社会"。

3. 蟑螂出现在我们面前一次,让我们烦一次。

4. 可绝大多数情况下,也就是蟑螂没出现的时候,我们是无视蟑螂存在的。而这种"无视"让我们活得"踏实",反过来说,如果谁天天担心"就在我们身边"的蟑螂,那他活得可就太累,也太不值啦。

5. 我想,恐怕没有人会把"身边的蟑螂"真正放在心上。那么,老鼠呢?屋子角落的灰尘呢?没有洗的碗筷呢?……还有,我们身边的其他烦恼呢?

——人的烦恼并不少,但我们实在没有必要时时把这些烦恼都放在心上，没必要时时惦记着它，就像对待蟑螂那样。"无视"是一种幸福，也是一种智慧。

说"眼不见心不烦"，你也许觉得是在和稀泥、是在逃避。可我们有什么必要总把"蟑螂"之类的放在心上呢。

唯物主义强调客观现实不可否定，可蟑螂自有它们自己的世界，我并不否定，可又和"我"有什么关系呢？我们可以和蟑螂共生，同样我们也可以和烦恼共生。解不开自己心里的"烦恼结"，其实等于是时不时地把蟑螂叫出来"恶心"自己一下。

物质世界就在那里，我们没必要否定唯物主义，可也没必要让"物"长久地占据我们的"心"。这就是"空"的智慧。

第二，空就体现在我们日常生活之中。

"空"就在我们身边，无处不在。

在日本，和一些20世纪七八十年代去过中国的老人聊天时，经常会听到一句内容相似的话：那个时候，中国人大家穿的好像都一样，而且不是蓝的，就是黄的，连女孩儿的裙子都是那种单色调的。

现在的年轻人恐怕对这种描述已经没有什么概念了。这些日本人说的不错，当时那个年代，因为物质上的匮乏、思想上的保守、信息上的闭塞，总之，因为多种多样的原因，人们的服装、服饰确实非常单调，用千篇一律来形容，应该也不算过分。

那，现在呢？

"现在当然不同！别开玩笑啦。千篇一律？！不可想象。"也许你会这么说。

可我要说:"也许形式上多少有所不同,但类似的现象一点儿都没少!"。

记得大概是1994年、1995年左右,当时我还在国内工作,东北流行"皮搂",也就是皮大衣。因为并不便宜,所以远没有达到人手一件的程度,不过冬天,也满街都是近似的皮大衣。记得那是我来日本前夕,妈妈从积蓄里拿出一笔钱,也给我买了一件。可日本东京比东北暖和得多,那件草绿色的皮大衣,我实际没穿过几次,现在还"躺"在家里的衣橱里,既是对妈妈的回忆,也是对那个"流行"的纪念。

时隔近二十年,一两年前回家探亲的时候发现,东北又在流行皮货了。不过,这次当地叫作"貂儿",其实就是裘皮。因为价格昂贵,买得起,或者说"流行得起"的人更少,买了的人更是珍而重之,所以大街上远没有达到随处可见的程度。

话说回来,"赶时髦"不就是"花钱"追求和别人"一样"嘛。在这一点上,在追流行这一点上,却是一点儿都没有变。

其实又何止是东北这样。

超短裙、开领衫、高跟鞋……"流行"才是"你方唱罢我登场"、"风水轮流转"、"二十年后又是一条好汉"呢。全国都是这样,世界各国又有哪个能例外呢!

只不过,和20世纪七八十年代、文革刚结束时的满街清一色的"蓝、黄"相比较,当时是没得穿,没办法,现在是赶时髦,自己主动去追求和大家千篇一律。——赶时髦:现实生活中"空"的典型代表。

花了钱、花了精力和心思、赶了时髦，可又得到了什么呢？自己觉得自己跟上了时代的脚步，甚至觉得自己站在了时代的前沿，可实际上只不过是"人云亦云"罢了。只不过是"终于和大家一样了"罢了。

也许有人会说：可是我们得到了"美"。

是吗？如果千篇一律也算是"美"的话。

穿上昂贵的皮货，却怎么看都更像邮筒的人太多了。旗袍美吧，可千万别什么人都去试一试，没那个腰身、那个腿，可千万别赶那个时髦，否则不仅影响大街美感，也对不起旗袍不是？

其实，追求流行，等于是在抹杀自己的个性。看"空"吧，看"空"了流行，便不用刻意地去看别人，能有闲心更专注地看看自我，岂不是更好。

其实，该我们看"空"的又何止是服饰等流行品呢。

记得改革开放初期，"下海"一度非常流行，大量公职人员在"停薪留职"的名义下，弃职从商，其中不乏公务员、教师等在国外非常有人气的职业的从业人员。下海的人当中，有多少人成功了呢？又有多少人失败了呢？我不得而知。我猜测，关于这个比例，恐怕永远也不会有准确的统计数字啦。然而，也就是二十多年的工夫吧，如今，教师已经和海外一样成为既受人尊敬、又收入丰厚的人气职业了。而公务员也因为稳定等因素而越来越受人们的欢迎。不知道当年下海失败，最后连原职都回不去的人，现在在做何感想。

把"世事无常"看作是单纯的宿命论，那可就落得太下乘了。就算我们抛开"空"之类的"理论"不说，人生中，时时面对自己的"心"，别随波逐流，时时把握住自己，永远都是非常非常重要的，也是人生真正快乐的基础。

第三，"空"是我们日常生活真正幸福的指数。

其实，幸福是没有指数的。当然也没有衡量标准。是否幸福，只有自己知道。没法和别人相比，也没有必要和别人比。

然而，人们在自己都没有意识到的情况下，不自觉地，或者说潜意识地把自己的幸福和某种"东西"挂钩，把自己的幸福定位在上面，于是就有了所谓的"指数"。

比如说，"钱"。

看着自己账号里钱的数目上升时的那种喜悦，我想，绝大多数的人都曾体会过吧。

把自己人生的一个目标锁定在一个金额上，然后为之而努力的体验，我想，也应该是绝大多数的人都曾有过的吧。

然而，很多富裕人士都曾说过，当财产达到一定程度后，金钱就只是一个单纯的数字了，金钱带来的兴奋、幸福的感觉就会越来越稀薄、越来越短暂。

我还记得那是1997年，自己上班第二年的时候，我第一次把自己的积蓄目标定在了50万人民币。如今目标早已经达到了，可什么时候达到的，达到时自己是否很高兴等等，现在完全不记得了。可是，大约是在小学二年级的时候吧，去买电影票，结果被偷走了两毛钱，那个时候的伤心到现在我还记忆犹新。

再比如说，"恋爱"。

追求已久的对象，终于投入了自己的怀抱，那份喜悦，体会过的人应该不少吧。

幻想着梦中情人的那种"满怀期待的"幸福感，也许人人都有过吧。

然而，能把"蜜月"的激情持续到暮年的夫妇又有几对儿呢？

可是，白发苍苍的老两口手牵着手在街头散步或者肩并肩地偎依在公园的长椅子上，那种淡淡的、恬静的幸福感，和蜜月的激情相比，又是哪个高、哪个低呢？也许不应该用"高、低"这组形容词，用"哪个更长久？""哪个更充实？"来考虑这个问题，也许更恰当些。

谈论人生幸福的话题，我们不得不面对这样一个难题：幸福是不可比的。

另外，还有一个难题就是：我们现在讲的"空"的概念，最终是一个哲学概念，不是一个单纯的逻辑问题。所以在这里，我想用一个比喻的方式，而不是论争的方式来说说这个课题：

了解了"空"之后的生活，就好像一对相互偎依的老年夫妇，知道了什么是幸福的真谛，甚至知道了归宿在哪里，然后静静的、恬淡地、幸福地过着每一天。这是一种类似经历了之后的、了解了前因后果的恬淡。如果按照人生正常的阅历来说的话，不到老年夫妇，是不可能真正了解的。然而，如果你领悟了"空"，即使你还很年轻，却可以同样获得那种心态。而不了解"空"，那么生活也许就像一个准备求婚的男子，在期待与煎熬之间，被欲望揉搓着，即使他已经活到了七老八十。

不再大喜大悲,恒定而又绵绵不绝的"平和"才是最高的幸福——这是"空"的智慧。

了解了"空"之后的生活,就好像"已经登过绝顶、一览众山小"之后的登山运动,享受的是每一步的登山过程,而不是"登顶这个目标本身",或者是登顶后的荣誉。

"空"强调的是领悟后的沉静、平和与幸福,而不是要求人们故意压制自己的感觉、以枯燥乏味、波澜不惊为最高境界。同样一个"波澜不惊",没有悟到"空"的"波澜不惊"是忍耐下的结果,而悟到"空"的"波澜不惊"则是恬淡、平和、"绵绵无绝期"般的幸福。

我想,也许有人会在这里提出反驳意见:

人生不过这么短短几十年,知道了终极的结果又有什么意思,还是拿出目标,一直挑战下去的生命更有魅力。即使最终没有成功,即使过程坎坷艰苦,那又算什么呢,努力过、挑战过,这样的丰富多彩不比平淡无奇更有意义、更有价值、更值得去做吗?

没错,假如现在就站在街头,拿"空"和上面的观点辩论、看哪一方更能吸引年轻人的话,我猜测,"空"恐怕会输得一塌糊涂。

可我们刚才已经说过,"空"最终是一个哲学命题,它只是在告诉我们"站得高会看得更远";也许物质世界没有穷尽,可我们的心灵历程是有终极的制高点的;和"有欲望"相比,"无欲"的境界更高,正所谓"无欲则刚",而绝不是要你天天抱着"无欲"当饭吃。从这个角度讲,"空"不否定人的七情六欲,不反对人们的追求、喜好,"空"只是在告诉你,也许你并不知道,还有另外一个更高的境界存在哟;知道了那个境界的话,你可能会少许多的烦恼啊;知道了那个境界的话,你在努力奋斗时遇到坎坷,应该会更轻松地跨越过去啊……

冷馒头、肉包子、涮羊肉、海参鲍鱼、山珍海味,档次越高、口味越刁,从食物中得到幸福的机会就越少。

捷达、尼桑、奥迪、宝马、劳斯莱斯……坐骑越高档、物欲追求越深入,靠"车"获得满足的概率也就越低。

"空"则不同,你了解的越多,幸福点也就越多,幸福的感觉也就越浓。

第四,"空"不是"反日常"的。

这是最后一点,也是最重要的一条。

前面我们多多少少已经涉及了这个话题:假如已经领悟了"空",那么又该如何呢?

如果你的修行足够深,具有了"菩萨道"的神通,那么自然是"与善拔苦"、拯救世人,关于这一点,我们在后面还要谈到。

假如你还不具备这样的大神通法力,那么不管你怎么活,都离不开日常生活。正如高僧大德们说的"一日不做,一日不食"那样,即使是高僧大德,即使已经领悟了,却依旧会劳作,照样要遵守清规戒律。对于没有出家的我们凡人来说,"悟"了,说明你的思想、精神境界已经超凡入圣了,但在日常生活之中,在每天的"吃喝拉撒睡"中,自有其规律、规则在,不会、也不可能"故意"反其道而行,比如"基本"的人伦纲常。

说得更直白些，精神领域的"悟"并不能给任何人为所欲为的"特权"。当然，真正"悟"了的人是不会、应该也不想去为所欲为的。

比如说，也许有人会较真儿地问：既然要看"空"，既然这个肉体只不过是个"臭皮囊"，那么禁欲是一种选择，反过来，和异性乱搞，又有什么不行的呢？

不行！我们日常社会是有伦理道德概念的，而"空"不是"反日常"的。

"空"不是超越日常、不是非日常的，"空"就在日常之中。"空不异色""空即是色"强调的都是这一点。

同样的道理，高僧大德"悟"了之后，虽然已经超越了"色"、超越了"物质世界"的束缚，但也不会戴墨镜、拣美食、赌博、女装，原因很简单，"空"不是"反日常"的，"空"是更恬淡地去活好"日常"的每一天。

我们经常说：艺术源于生活、高于生活。套用这句话来说："空"源于生活、高于生活，又还原、活跃在生活之中。

我认识这样一对儿夫妇。也许多少有些现代中国夫妇"代表"的味道。

两个人是大学的前辈和后辈，大学时代便开始交往、约会、同居，寒暑假的时候，双方的家也都去过了。男的先毕业，进了上海并进入国内数一数二的大公司，走上了一条顺风顺水的路。一年后，女的毕业却没法顺利进上海，只好选择读研究生这条可以暂时避一避的路。可三年后研究生毕业时，进上海依旧是条艰难的路。为了去上海，女孩儿八方奔走、四处找门路，据说最终还是靠不光彩的手段才拿到了去上海的通行证。

两个人在上海构筑了小家，开始了温馨的生活。和其他外来户相比，因为优秀，他们的清苦阶段很短，没多久，两个人就在上海买了房，也有了孩子。

然而，不知道从什么时候开始，夫妇间的性生活越来越少了。特别是男方，渐渐变成了交作业般的敷衍了事。于是接下来就是一个很"大众"的故事了：终于发现了男的有外遇，而且还是左拥右抱的那种，毕竟成功男士有钱有地位，容易吸引女人嘛；于是吵架，于是冒出了离婚的话题。可是孩子问题、经济上的问题、家族方面的问题、甚至自己当年"立身不正"的问题等等又都出来了，于是离婚的话题几起几落，最后又不得不搁浅了。

女方心里很苦，"被禁欲"的身体也很苦，想要报复。

于是女方开始出轨，甚至和好几个人。

可是一段时间下来，生理上一时的"快乐"并没有带来心理上的"安宁"。出轨一次便会自责一次。"报复"没能让自己"宁静"，一个曾经"成功"的白领，天天纠结在自己的烦恼之中，甚至渐渐地不知道自己为什么"活着"了。

——即使对我们凡人来说，"非日常"也不是一个"心"的安乐窝。

"空"是一个至高的境界，也许我们永远也达不到，但多少"悟"到，或者说体会到哪怕只是一点点"空"的味道，也会缓解我们的烦恼。把"执着"的纠结放一放吧，放下多少，"心"也就会得到相应"份额"的宁静。

同样的道理，贪污了几千万，甚至上亿，却整天在"双规"

的阴影下胆战心惊、瑟瑟发抖,到底值不值?生命的价值如果只用金钱来衡量,算得上是幸福吗?我们日常的生活之中,其实太需要"空"、太需要放下"执着"了。

我们一起来看一个身边的例子。

就说化妆和化妆品这个话题吧。

百货商店、各大商场、机场免税店、平价超市,甚至是街头便利店,化妆品的柜台永远会很霸气地占据着相当大的面积,琳琅满目的商品种类让人目不暇接,充分显示着女性对化妆品依赖之大之深,同时也似乎在炫示着"自己"存在的正当性和必然性。

一部分男士也许会说:真的想不明白,那可都是化学品啊,假冒伪劣又多,就那么往自己的脸上抹,那得多大的勇气啊。真想不通,还那么热心。

我想,所有的、至少是接近所有的女士们会立刻起来反驳:不知道就别瞎说,化学品又怎么了?没有化妆品怎么活?

这样说的男士也许还不知道:现在认认真真化妆美容的男士相当不少。修眉、剃毛、做面膜、抹化妆水、去美容院做全套大餐,甚至用胭脂、口红。——现在化妆已经不分男女了,虽说很多人对男性化妆的评价还很武断:恶心。

而这样说的女人真的没有"素面朝天"的勇气吗?那么,如此看中化妆的人,我倒想问一句:真的想过自己为什么在化妆吗?

"女为悦己者容"——不化妆就不能上街,难道大街上真的有那么多知己吗?

这似乎是一个永远也不会有结论的争论。

那么佛家的教诲又如何呢？——既然这个身子、这张面皮都是"臭皮囊"，那么特意花费心思给这个臭皮囊涂脂抹粉，又有什么意义？岂不让人笑掉大牙。——佛的结论似乎是再明白不过的了。

那么，假如一个尼姑化妆呢？或者一个高僧修眉呢？

我没见过这样的场面，不过我大约可以猜得到，如果这样的镜头上了电视或者报纸，应该会有一个不小的轰动和各式评论出现吧。

其实，我倒觉得即使出现了这样的画面，也没有什么值得大惊小怪的。

"空"强调的是"心无挂碍"，教诲的是"放下执着"。我们应该去品味、领会佛说的核心，不要去纠结那些个别的现象。

化妆本身只是一个日常行为，其实是无碍我心的。可当化妆变成了对"美丽"的追求，便是一种执着，陷得越深也就越容易失去平常心。如果是出于"女为悦己者容"的目的，便等同于谄媚，失去自我、落入下乘、陷入苦海了。

可一旦"我心"平稳了，化妆又如何呢，化妆又怎会影响"我心"呢。

尼姑、和尚洗脸总没有错吧。那化妆就有那么大的区别吗？"干净"和"美丽"的区别就那么大吗？——关键还在于心里的执着与纠结。在现代社会，适当的化妆和得体的打扮、不蓬头垢面，很多时候代表的是对接触对象的尊重，就像一位高僧在参加国际大型会议时也会穿上自己闪亮的正装一样。高僧已经"五蕴皆空"了，总之只是个臭皮囊、裸体也无妨，住到人前的时候，是不会"反日常"的。

在日本，过年的时候，每个家庭都会在大门的上部中间位置挂一个稻草编的花环，有点类似中国春节贴"福"字的感觉。有的家庭还会在大门的两侧放一种用竹子和稻草编的新年装饰物，叫作"门松"。一般家庭的"门松"并不大，最小的大约只有十几、二十几厘米高；公司用的要大一些，几十厘米到一米左右；而商场、大百货店的则要大得多，达到两米左右也不稀奇；不过，这还不是最大的，通常情况，最大的"门松"是寺院的，有的会高达四五米，要起重机才能安放。也就是说，寺院也庆贺"俗人"的新年，而且往往还用最大号的规格。是寺院在炫耀吗？是寺院追求物欲追求得过分了吗？——当然不是。寺院是精神信仰的圣地，但寺院的"日常"却是为信者祈福、消灾的"日常"，寺院的"日常"在很大程度上就是普通信者的日常。巨大的"门松"是给信者的。

是啊，"空"本来就是和生活融合在一起的，所以我们才说：色即是空、空即是色。

（门松）

换个说法就是，佛不会要求你故意去把五彩的世界涂黑、硬把缤纷的世界看成灰色，更不会要求你憋在小黑屋里，反复说给自己听——"外面的世界很灰暗"；而只是想告诉我们，那个世界有各种颜色，在阳光、星光、灯光下可以看得更闪亮，可我们没有必要为了它一喜一忧、伤心烦恼，没有必要为它辗转挂怀。

"空"和日常是融合在一起的，同时，在日常生活中，虽然不是很明显、很突出，但是我们还是可以经常若隐若现地看到"空"的身影。

我们来看看最近的国际形势。

最近，中国、日本、韩国这三个邻国之间打嘴架、冲突不断。这场"三国大战"已经持续了好几年，在我写这篇稿子的时候，还打得如火如荼、没有一点儿接近尾声的迹象。而且涉及的内容、话题、事件非常广，几乎是无事不吵，不要说介绍全貌，就是介绍个梗概恐怕都要连篇累牍，所以我在这里只介绍个点滴，作为自己讲述的一点儿佐证。

总体来说，部分中国人认为韩国人态度傲慢，不守信义，拿民族主义当饭吃。觉得当年不过是个中国的属国，当年的"小弟"经济上稍微强了一点儿，稍微有了一点儿钱，就想当大哥，就目空一切，殊不知韩国人挂在嘴边的三星也好、现代也罢，都已经大有明日黄花的迹象了。

要说部分中国人对韩国的这种态度，多少是有一点儿"大国自恋"情结的，不过，也不是完全没有道理。当年，也就是改革开放之前和改革开放初期，韩国经济确实高于中国，有那么一段时间,韩国货还是大家欣羡的对象。可中国富裕之后,韩国人似乎没有意识到这种变化,傲慢而目中无人的韩国人便越来越不受欢迎了。而且,韩国雇主对下属的苛刻,部分韩国业主携带现款夜逃的无责任行为,也确实有失风范。

对于日本人,对于日本,说实话,我觉得很多中国人并不了解。至少在我身边,凡是来过日本的人,没听到过有谁讨厌日本。对日本人的素质、风度,以及日本的社会环境、服务质量,也几乎都是赞赏有加。反倒是没来过、不熟悉日本的人,也许是从小接受的爱国主义教育的缘故吧,不管什么事情,一提到日本必然抨击。假如失去了公正的评价和判断,以为攻击日本就是"爱国",那可是鼠目寸光了。

日本有一大批非常喜欢中国的人,但最近关于中国的负面报道比较多,两国在领土、政治上又有摩擦,所以,整体来说,对中国的好感度有所下降。但也许是整体素质和敬业精神的缘故吧,就我个人的感觉,这种好感度的下降往往只是一个概念上的问题,很少会反应在游客或定住者的身上。

不过,这一两年,日本的网上有一个很有趣的现象。因日本"购买"钓鱼岛导致中国发生大规模反日游行的时候,日本的网上出现了很多中国人在世界各地"不遵守礼节、素质低下"的报道。可这种报道没有持续多久就消失了,绝对没有中国的"反日活动"持续得久。

再后来,关于中国人素质低的报道少了,反倒是介绍中国人对日本抱有好印象的报道占了主流。很显然,在报道方针上,日本出现了一个转折。

就是在这样的一个大环境下,中日韩三国的网民们几乎是逢"事"便"吵"。这里，我们来看几个小花絮：

先说中韩之间的事儿。

这是台湾东森新闻报道的"新闻"。说是韩国人看到中国人吃饭的时候都把碗端起来吃，于是抨击道，在韩国，只有要饭的人才端起碗吃饭。被攻击的台湾人立刻还击：低头到碗里去吃的，那是狗啊！

据说这段报道出来后，多少引起了一点儿小小的反响。相比之下，关于世界文化遗产申请的反响就要大得多了。

据说最初韩国给他们的"辣白菜"申请世界文化遗产的时候，中国人还是一副嘲弄的口吻：辣白菜都是遗产的话，那四川的泡菜、北方的红方、臭豆腐岂不都是遗产，中国人要是有闲工夫申请，恐怕得把审查机构的工作人员累死。然而，韩国人申请世界文化遗产的步伐却没有停下来。随着韩国人把"端午节"、"东北的火炕"、"活字印刷"、"蚩尤"、"太极"、甚至"茶道"都申请了世界遗产后，中国人坐不住了，不仅网上的攻击加剧了，连专家学者都出来论证，直至最后发展成为"中国人文化保护意识不足"的问题。

想来，关于吃饭姿势是"端起碗"还是"低下头"的打嘴架，专家学者是不屑参与的，因为这不过是因为餐具等的不同带来的饮食文化不同罢了，在专家学者眼里是"空"的对象，大可不放在心上，没必要较真。可是，涉及到本国、本民族的文化被侵害、被掠夺的时候，专家学者们"空"不下去了。

其实，这并不表示"空"还要分档次，是个体"空"的程度也就是领悟"空"的水平的问题。对"空"的领悟程度反应在日常中，形成了不同的处事风格。其实，即使专家学者不出来论证，该是中国的就还是中国的，抢也抢不走。

同样的道理，美国的电影宣传公司 TC Candler 每年都会评选世界最漂亮的、最帅的 100 张脸。2014 年的结果是这样的：女性第一是韩国人，男性里面，韩国人占了 10 人、日本 3 人、中国大陆为 0。对于这样的"新闻"，顶多几个网民喊几句"太震惊了"，或者调侃几句"整形的产品世界第一，太能开玩笑了吧"之类，不管是中韩还是日本，大多数人还是很看"空"的。但是，对于日本连续拿到诺贝尔奖，包括众多有识之士在内的中国人和韩国人却坐不住了。

类似的现象在中日之间也是一样存在的。

记得 2014 年世界杯的时候，日本的观众看完比赛后，会把周围打扫干净、把垃圾都带回去，因此得到了世界的一片赞扬。不管对哪国人，这本来都是件好事儿，可一部分非要用"爱国"眼光审视一切的网民却对日本人的行动提出了"质疑"——说什么素有侵略习性的小日本不可能有这么高的素质、不可能带着垃圾袋儿去看比赛，这肯定是在作秀等等。没想到，很多在日华人，在这件事情上却站出来说话了，澄清道："带垃圾袋儿看比赛、把垃圾带回去"确实是日本人的日常行为、绝不是在作秀。——在这件日常小事儿上，这个澄清事实的做法其实已经超越了国界、超越了民族，这是没能看"空"呢，还是领悟了"空"之后的想当然的举动呢，恐怕只有当事人才知道。

还有一点值得提一下，不管网上闹得多么厉害，不管是日常问题，还是文化、民族问题，在参与"争吵"的行列中，我们看不到高僧大德的身影。理由很简单,真正大彻大悟的人,又怎么会来吵什么嘴架呢!

也许有人会问:即使涉及本国文化侵害的问题,高僧们也还是"空"的吗?难道"空"要高过文化、民族吗?

回答是肯定的。佛的教诲不就是"五蕴皆空"、万物万事皆"空"嘛。是的,对"空"理解的多少,会反应在日常行动、思想中,但真正的"空"却是高于一切的最高境界。

"空"是一种心态,是一种态度,自然也就是一种处世方法,是一种行动哲学。千万不要觉得"空"和自己无关、不要以为"空"是高不可及的——"空"就在我们身边。哪怕你只领会了一分一厘的"空",那你就多一分从容、多一分淡定。

蛇足

日本"银座",是世界上地价最贵的地方之一。

日本"银座俱乐部",美酒女人,是日本挥金如土的夜生活最贵的地方。政客、演艺界名人、公司老板、大企业中高层云集,自费豪游者有之、利用公司公款搞接待者有之,那里是无数日本乃至海外男人向往的"圣地"。

很"遗憾",我没去过。

据说,在那里,不是有钱就能得到最好、最殷勤的招待,要遵守规则,比如不能随便让妈妈桑或小姐介绍认识其他客人;要尊重小姐,比如小姐过生日时,要送花或送些小礼物。这样才是"上上"的客人。也许也正是这个原因吧,据说很多人到那里是寻找一种"疑似恋爱"的感觉。

有一位银座的妈妈桑在接受采访时说：曾有大公司的高层经常在我们店搞接待，是我们的常客。有一次正赶上一个很熟的小姐过生日，这位客人大方地送了一大束花，还加上了一句，把花的钱也记在账上——就一束花嘛，还不自己掏腰包，还要用公款，这一句话就让我们把这位客人看低了。小姐们也是人嘛，人与人交往还是需要用点儿"心"嘛。

妈妈桑是否有资格这样评价客人，我不知道。不过，我猜想，妈妈桑的这样的评价，那位客人恐怕永远也想象不到。不过，对于那位客人来说，利用这家店、这位妈妈桑来扩展自己"人脉"的路，恐怕是被堵死了。

是"走自己的路，让别人去说"呢，还是"你不看'空'一些东西，就会被别人看'空'"呢？

不同的人、不同的心境，恐怕对此的感受也会大不相同吧。

受、想、行、识亦复如是。

"色"与"空"没有差异，"色"与"空"正如"体"与"用"一样，一个是本质，一个是现象，表里如一、相辅相成。其实，并不单单"色"是这样，我们的"受、想、行、识"又有哪一个不是这样的呢！

对于人来说，"色"是感官世界，而"受、想、行、识"

则是意识、思想世界。也就是说：佛在教诲我们，我们的感受、想法、行为、意识等等都是"空"，都和"色"一样，不异于"空"、即是"空"。

其实，"色"与"受、想、行、识"是相互关联、很难完全区分开的，所以，我们在前面已经涉及到了很多"受、想、行、识"方面的话题。因此，我在这里不再苑囿于"受、想、行、识"的范畴，而是"海阔天空"地谈几个生活中的话题。

在我们这个社会，"权力、地位、金钱、名誉、性"等等，是人生的几大追求目标，在佛家看来，这些正是几个大的烦恼源。"金钱"和"性"我们在前面已经多多少少涉及到了，所以在这里想谈谈权力、地位、名誉这几个话题。

记得杜甫有一首《四喜诗》，虽然是应景的作品，但还是直白地讲出了人生四大乐事：

久旱逢甘霖——盼什么来什么，或者说是雪中送炭、摆脱苦难。这一句单从字面上来看，似乎算不得人生乐事，其实，这一句只是个引子，和"小白菜地里黄"一样，是一个起到承上启下作用的句子。

他乡遇故知——意外的惊喜、特别是当自己无助时。

洞房花烛夜——性与爱。在当年，"爱"的味道恐怕要弱些，因为那个年代，"爱"通常是要靠后天培养的。

金榜题名时——权力、地位、名誉。

尚颜在《送陆肱入关》中也有近似的描述：

乱山遥减翠，

丛菊早含英。

衣锦还乡日，

他时有此荣。

通常来说，"金榜题名时"也就标志着"衣锦还乡日"必定会到来，而且已经不远了。不过，"衣锦还乡"里面还包括"孝"的味道，所以，作为人生乐事，还是有些不同的。

从上面的古人流传已久的诗句中，我们至少可以看出三点：

第一，权力、地位、名誉、性爱是古今共同的执着追求，说成古今中外应该也是不错的。

第二，在中国人的普遍概念里，权力、地位、名誉是一体的，通常是得到其一，另外两个也自然就"来"了。所以，对这三者的追求通常也是杂糅在一起的。

其实，本质上这三者是完全不同的，这一点我们在后面还会稍微涉及一点儿。就说看名片吧，中国人往往注重职务，什么部长、科长、处长、主任、组长、团长之类的，但细想想，这种职务都是别人任命的，国外很多大学的这种职务甚至是轮流做的，而教授、副教授的职称则是个人水平、能力的象征。据说在美国，如果你既是 Dr.（博士），又是教授的话，人们一般会尊敬地称呼你为 Dr. 而不是教授，不知道是不是因为教授也是别人评选的，而 Dr. 则纯是自己打拼出来的。前些日子去参加一个国际学术交流会，在提交的论文上，大家都很自然地写上了自己的职称。中方清一色全是教授、副教授之类，不过，有一位美国来的学者，估计是按照美国的习惯，写的是"Dr."，结果我便听到边儿上有人小声议论：哎呀，他还是博士生呐！——唉！不知者不怪。不过，希望大家最好还是避免用地位、名誉等来随便评价人吧。因为这么做的结果，往往是自己被人看扁。

第三，这个说法也许稍微有点儿武断，上面提到的这几个"人生大乐事"，自然也就是很多人的人生追求目标。

佛说："受、想、行、识亦复如是"，也就是说，我们很多人的人生目标"权力、地位、名誉"以及"金钱、性爱"等等也都是"空"。这样，我们就要面对两个问题，一是如何理解、认识"人生目标"为"空"，二是怎么样才能做到"空"，也就是"如何空"的问题。

前面我们说过，"空"的意思不是"没有"，也不是"虚无"，我们强调"色受想行识即是空"，也不是要认定物质世界是"虚无"的，更不是想把我们的心里世界变成一片荒漠。"空"指的是"非永恒"，强调"空"是希望我们能够放弃欲念、放弃执着，以求得一颗恒定的"心"。

所以，在谈论人的思想意识范畴时，我想用一个更容易理解的概念暂时代替"空"，那就是"不执着"。——执着即苦。而"不执着"正是"如何空"的方法论。

名誉，或者说荣誉其实是最不值得执着的了。因为名誉是周围人对你的评价，不是你追求就能得到的。同时，名誉也是最善变、最容易被忘却的。

几年前，还在上小学的女儿回家来说：我们的老师原先是自行车选手。

"是嘛。"说实话，对这个话题我并没什么兴趣。

"好像很厉害啊。"女儿接着说。

"啊。"

"以前拿过世界冠军啊。"

"真的？不会吧。"我这才吃惊了。吃惊的倒不是世界冠军做了小学老师，而是这么有名的一个人就生活在身边，却谁也不知道。这位老师如今生活得很平静，也很恬淡。想当年她拿冠军的时候，一定很风光，也很有名。但如今，荣誉已经被几乎所有的人忘却了。

而且，人也不可能靠荣誉生活一辈子。

其实类似的现象太多太多了。

山口百惠，大家都还记得吧。你要是不知道这个名字，只能说明你年轻。不妨问问你的父母，他们一定是知道的。

我的孩子和山口百惠的孩子在一个学校，我知道这个消息后，很自然地问孩子，山口百惠的孩子在哪个年级？

可孩子们的回答却是：山口百惠是谁啊？

我写到这里的时候，正赶上日本花样滑冰选手町田树突然宣布引退去读研究生。这位被称为"哲人滑手"的选手很受日本人喜欢，名气很大，这几天，电视、报纸、网络都是关于他引退的消息。可我敢肯定地说，用不了几年，町田树会在和这些荣誉无关的地方平静地生活，也许会成为大学的老师吧，但同时，他的名字恐怕会被绝大多数的人忘却。

我在这里的论调其实有点儿问题。荣誉并没有随着时间而消失，荣誉还在，只不过是停留在"记录"上，而不是"人心里"。其实，很多人追求名誉、醉心名誉，看中的通常是伴随名誉而来的"有面子""虚荣心""自满自得"，而事实证明，这些东西会很快就成为"镜花水月"。

做好自己的本职工作，名誉自然会相应而来。大可不必去强求。

与此相反，在名誉上因执着而"苦"的人大有人在。

比如2014年轰动全世界的STAP万能细胞论文做假事件（现在，这件事到底是不是作假，还有待进一步商榷）。作为当事人的学生小保方跟没事儿人似的，可作为指导老师的日本著名再生医学专家笹井芳树教授却自杀了。不管里面是否还有什么内幕，早已经是业界第一人、早已经功成名就、著述等身的笹井教授，之所以想不开，最大的因素还是"名誉"问题。

名誉的极致也许就是所谓的"青史留名"吧，然而青史留下的"名"，用不了多久，也不过就是一个"代号"罢了。范进为"名"疯掉了，教授为"名"自杀了。为"名"所累，可历史不会重写。假如他们能把"名"看得淡一些，不仅自己会活得幸福得多，也许历史上会多一个不错的私塾先生，医学进步说不定会快上几十年。

社会地位也是如此。

日本的选举政治和中国有些不同，全民投票的方式能让原本籍籍无名的"平民"一步成为国会议员（多少相当于中国的人大代表），所以经常会有一些"一步登天"的议员因得意而忘形，在接受采访时，忘了该遵守的政界规矩，而说出一些"心里的大实话"。

比如 2005 年众议院选举时，26 岁的杉村太藏一举当选。这位新议员在采访中便说出了心里话：这回总算可以坐着高档轿车去料亭（日本最高档次的饭店总称）吃饭啦。一当选我就立刻调查了议员收入。你问我打算用议员收入干什么啊？买"宝马"喽！——追求地位乃至权力，实际是在追求个人利益，这倒也是"人之常情"。

不过，说了"大实话"的议员不仅受到党内警告，同时也受到了全国人民的侧目，以至于在四年后放弃了再次参选、而退出政界。后来，他转行到演艺界，虽然"轻浮"发言依旧不断，倒似乎活得很自在。

而另一位议员在接受采访时说的话似乎更值得回味。当被问及当上议员对生活有什么影响时，他回答说：要说最大的影响就是，喝多了酒之后，不能像从前那样随便到墙根、树后去小便了。

同样的话，还有一位知名人士说过。他是日本的著名棒球选手，因为成绩优秀，国家决定授予他"国民荣誉奖章"，没想到，这位率真的选手竟然拒绝接受这一荣誉，当被问及理由时，他回答说：拿了"国民荣誉奖章"，以后喝多了就不能随地小便了。

首先得澄清一下，在这里介绍这几个话题，绝对不是想说"能随便在路边角落小便是一件多么幸福的事儿"。

不过，有这几个小故事做铺垫，我至少可以说这样几句话：

不管高低，你要是有了点儿社会地位的话，可千万别说自己有私心，舆论现在很凶哟。

你要是想保住自己的那点儿社会地位，自己的那些小毛病就得忍忍，受点儿小束缚也得认了，鱼与熊掌不可得兼嘛！没办法。

打个比喻：一个男的在电车里摸了一下旁边女性的屁股。这个男的如果是平头老百姓，那没什么大事儿，交点儿罚款了事儿；可这个男的要是有点儿地位，比如是个官员、公务员、大学老师或是企业高层，那就惨了，拘留、罚款，估计还得辞职，绝对会在瞬间"一无所有"。有地位的人得管得住自己，要不，地位就是个绳套，随时可能把你套进去。

其实，说句较真的话，"社会地位"本身就是人为制造出来的"差别"用语。追求地位，等于执着于"和别人的差别"，说得再直白一些，总想着追求高人一等，那就不好玩儿了。因为人上有人，又怎么能获得真正的满足呢。就说古代的宰相吧，那可是"万人之上"，但毕竟还是"一人之下"，在皇帝面前还不是跟灰孙子似的；那皇帝呢，地位是高了，却连紫禁城都出不去……

就算得到了最高的"风光"，比如宰相，又有几个是寿终正寝的呢？

"地位"终归是"一时"的。叱咤风云的人物也终究有退休的那一天，更何况，无数"英雄"连退休那一天都没能坚持到。靠地位，又怎会有永久的、持久的"快乐"。要想在名誉、地位上追求持久的快乐，似乎除了"自我陶醉"，也就别无他法了。

千万别忘了：名誉、地位既是耀眼的光环，同时也是一种束缚。

最后,我们再来看看"权力"。

把"权力"的话题放在最后来说,是因为有了权力往往也就有了地位、名誉、金钱、色欲的满足等等,有了权力,似乎也就有了一切,似乎可以为所欲为了。"权力"太有魅力了,而权力也确实吸引了无数人为之前仆后继、"死而后已"。所以,权力也许是最难看"空"的吧。

说起"权力",我就会想起"双规"运动中流传颇广的那个故事(据说确有其事)。而且这个故事似乎有很多个版本,在上海叫作"喝咖啡事件",东北叫作"开会事件",不知道这是不是表示类似的事情在全国有很多起。

不同的版本内容却大同小异。我来介绍一下东北的说法吧。

说是市里某局的局长接到纪检委的电话,通知他第二天下午两点去纪检委开会。其实纪检委确实在通知各局一把手开会,传达最新的反腐精神,算是个临时会议吧。然而我们的这位局长却误以为自己东窗事发、要被"双规",结果,放下电话后,直接就开开窗户跳楼了。

这个故事流传很广,传来传去都成了笑话了。

不知道传的人是怎样的心态?我听了之后,只是觉得格外的凄凉。这位局长人生的最后几年,活得该是怎样的胆战心惊?随时准备自杀的人生又怎么能算是"人生",不管他贪污了多少钱,值吗?有再多的钱,没有了心的安稳,又怎么能算是幸福呢?胆战心惊地花钱,有意思吗?

不过,想来贪官们肯定有自己的一套"理论"和"逻辑"

吧。比如宁可少活几年也不想过穷日子，比如宁可不安心、也要活得"辉煌"等等，所以，再怎么跟他们说"空"、说"别执着"，恐怕也都只不过是马耳东风罢了。没办法，佛的大智慧在他们面前恐怕也会有些"苍白无力"吧。

不过，"空"是有预见性的。如果他们也能多多少少知道一点"空"的概念，在预见到后果的时候，能学会适时收收手，也算是佛没有白教诲一场。

最近，又有一位法律界的高官落网，据说在他儿子的家里搜出了 21 吨现金，估计得有四五十个亿。他们要是懂得一点点"空"，就不会走向这一步。

说起来，总拿贪官来说"权力"问题，似乎对"权力"也不公平。其实，权力原本的样子不是这样的。

记得刚到日本，在一家日本寿司店打工时，虽然有几个雇员，但扫厕所这件事一直是老板自己做的。后来自己做公司，有机会看到身边众多小公司的兴兴衰衰，其中有一点感触最深：成功的老板在自己企业最艰苦的时候都是亲身上阵，而且都是抢着干最苦最脏最累的活；而一旦"权力"在手，便高高在上、甚至有些傲慢的经营者们，在金融危机中大部分都被淘汰掉了。

真正的"权力"代表的是责任，"青史留名"看的不是权力的大小，而是在拥有"权力"的时候都做了些什么。

蛇足

下面给大家介绍一下前面提到过的日本学术界的那个事

件，当年轰动一时，应该有很多人还记得吧。

2014年，以日本理化学研究所小保方晴子为代表的研究团队发表了一篇STAP细胞论文，一下子轰动了日本、轰动了全世界，被认为是继山中伸弥之后的诺贝尔奖的不二人选。一时间，各类采访、频频曝光，小保方晴子一下子成了超级名人。

然而，没过几个月，世界各国的学者中便有很多人指责说，论文中发表的STAP细胞制作方法不具备可重复性——等于指责论文的可信度了。不几天之内，情势急转直下：

论文实验结果被指责为伪造；

论文被认为有抄袭之嫌疑；

共著者中的一部分人开始提出撤销论文；

理化学研究所组成调查小组进行调查，并认定论文为伪造；

尽管小保方晴子一再声明：STAP细胞确实存在，但论文还是被撤销，小保方晴子也被理化学研究所解雇。

媒体也来了个一百八十度的大转弯儿，开始了对小保方晴子的全面"抨击"，从服装、化妆到说话方式等等，都成为了被攻击的对象。并进而指责小保方晴子的早稻田大学的博士毕业论文也存在着抄袭现象，一年多以后，她的博士号也被剥夺了。

在这铺天盖地的舆论攻击过程中，最为惨痛的事情发生了：理化学研究所发生再生科学综合研究中心的副所长、小保方晴子的导师笹井芳树教授自杀了。

笹井芳树教授36岁就当上了超一流的京都大学的教授，获奖无数，是该研究领域的绝对世界权威，培养的弟子也是名人辈出，可谓桃李满天下。

然而，一位知名的学者就这么走了，只有 52 岁。

笹井芳树教授的自杀是因为舆论压力吗？

是因为自己指导、监督的责任没有做好吗？

是因为自己的名誉受到了玷污吗？

还是因为其他的什么原因呢？

人生于世间，名誉、自由、信仰、亲情等等，重于生命的东西有很多。

然而……

然而，两年后，德国学者发表论文声称：按照小保方晴子论文的方法成功地再现了 STAP 细胞。虽然作为学术研究，还有很多地方需要进一步验证，但是，STAP 细胞可能确实存在。

然而，笹井芳树教授却再也没有机会听到这个消息了。

舍利子

其实，在这里菩萨以舍利弗为对象讲经，有着重大的隐含意义。

话说聪明第一的舍利弗已经修得了阿罗汉果，接着发下愿心，决定要修炼"菩萨道"。

什么是菩萨道呢？

菩萨道就是不单纯追求自己修成正果，还要超度众生、救苦救难、普惠世人。

舍利弗决心修成菩萨道，暗下决心：我一定要全力帮助别人，带给别人欢乐、驱除他人的痛苦，哪怕牺牲自己的生命也在所不惜。

在路上，舍利弗遇到一个啼哭不止的男人，便上前问道：有什么我可以帮助你的吗？

"没有人能帮我，我遇到的问题太难了。"男人回答道。

"说说看，或许我可以帮助你的。"

"真的吗？我的妈妈眼睛坏了，医生说，一定要活人的眼睛才能治好。可我走遍了所有的药铺，哪儿都没有活人的眼睛卖。我可怎么办啊？"

舍利弗心里想：要想修成菩萨道，就得舍己为人。于是，舍利弗挖出自己的一只眼睛递给对方，"好了，回去给你母亲治病吧。"

可对方接过眼睛，却直接扔到了地上，而且还用脚踩得稀巴烂，眼看着不能用了。

"你为什么这么对待我的眼睛呢？"

"我要的是右眼睛，可你却把左眼睛给我了，你连左右都不问清楚，拿错了眼睛，还有什么用处？你好人做到底，干脆把右眼睛也给我吧。"

挖出眼睛，已经疼得不得了的舍利弗说道："再把右眼睛给你，我岂不是瞎了。你还是去别的地方找找吧。"

那个人说道："原来你发菩萨心，是只发了一半的菩萨心。"说完，便腾空而去。原来是菩萨来检验舍利弗心成不成来的。

舍利弗由此知道了菩萨道之难,也知道了自己还没有领会那个境界,于是回去继续修行小乘佛法了。

有一次,维摩诘居士病了,舍利弗跟着文殊菩萨去问候。在维摩诘居士那里,大家相谈甚欢,于是天女飞过来,把鲜花撒给在座的诸位。鲜花落在菩萨身上,就飘落下去,可落在舍利弗的身上,就粘在身上,弹也弹不掉。这说明什么呢?——小乘佛法独善其身、着眼于自利;大乘佛法兼善天下,自利也利他。

"达则兼济天下,穷则独善其身"。
"两耳不闻窗外事"一心只为自己成"佛"的闭门苦修也是一种修行。

然而,最高的境界毕竟还是"菩萨道"。菩萨道需要大法力,但是,即使修炼不成,只要自己有所领悟,也一定会在生活中形成自己的气场,为周围的人带来好的影响。这正是所谓"正能量"的力量。这才是《心经》的教诲。所以我们要说,《心经》教诲的是"入世"的佛法。

是诸法空相,不生不灭,不诟不净,不增不减

这句话有两层意思:
其一:这就是"空"的本质,超越了生死、超越了诟净、

超越了增减。

其二：这就是"空"的真实面貌，把握住了"空"的本相，你也就达到了不生不灭、不诟不净、不增不减的境界，也就是永恒的境界。

"人"这种东西似乎有追求"永恒"的本性。

往小了说，到名胜古迹，总想留下"到此一游"的记号；

往大了说，写墓志铭，想要青史留名；

往远了说，有个好东西，那叫传家宝，希望能代代相传下去；

往近了说，都要开一个博客，吃个土豆丝都得照个照片、上传一下……这些想法，其实都是出于对"永恒"的追求心理。

然而，人类对于"永恒"的最大向往，似乎应该是"追求长生不老、追求永生、追求成仙"吧。

可是，人又有谁能不死呢！

就算"以追求长生不老"为毕生事业的道家人物，又有哪一个超越了死亡呢。就算传说中的长寿第一人彭祖，活了八百年后还是逃不过一死。

"死"是任何一个"生"物都必定要经过的过程。

"死"不是什么躲不过的"归宿"，"死"只是这个流动着的世界的一环。

我们生活的物质世界，我们的各种概念、认识、意识、思想，还有我们的肉体、人生都不是永恒的，都在变化中幻灭，都是"空"，"死"便是其中一个很典型的代表。

那么，这个世界上真的就没有"永恒"了吗？

有的！那就是我们的心！

"不动心"也就是"永恒心"。

我们的心如果跟着变化无常的物质世界和意识观念走，那么，我们的心也必定是变幻无常的，也不可能达到永恒。但是，如果我们的心超越了变幻无常的世界，认识到了变化的本质，我们的心不再为外界所动，那么我们的心就是恒定的，就是"永恒"。

肉体都不在了，又怎么会有什么"心"的永恒？

"心"的永恒是一个境界，就在那里，不是一个个"个体"的"心"创造了永恒，而是一个个"个体"的"心"达到了还是没达到"永恒的境界"。

说起来，道家是要延缓"死亡"，儒家追求"在有限的生命内齐家、治国、平天下"，是在和死亡赛跑，而释家则是要"超越生死、超越死亡"。

一路讲下来，在这里我们稍微整理一下我们的思路。

我们生活的这个物质世界，变化无常，只是个身外之物，放下吧，至少别太执着。总是对这个身外之物念兹在兹，拿不起来也放不下去，那便是一种"执着"的苦。

放下对于物质世界的各种物欲，放下对物质的执着追求，也许你的"物质财产"会减少，但却不是"亏"了，因为同时，你也放下了心灵的包袱。

然后，就是我们自身了，就是我们这个身体，我们作为"生物"的本身了。这个是不是身外之物呢？我们不去管它，因为这个已经不重要了，重要的是，我们作为一个小小的分子，就像一粒恒河之沙那样小小的一分子，在重复着"生"与"死"的循环。记得小时候特别害怕"死"，身体上长了一个小斑也会犯愁好几天。现在，时不时出现在身体各处的斑点已经不再介意了，可又开始担心是不是得了癌症。于是，癌症又成了"死"的代名词，像阴影一样时不时地打扰一下自己的生活。

何必呢？

注意健康是必要的，时时为此担忧、始终以此为牵挂，就是"执着苦"了。

放下吧。

放下了一切，就有了一颗不执着于任何东西、了无挂碍的"鲜活"的心。

这是一颗超越了生死的心，这也是一颗永远澄净而又恒定的心，所以也就谈不上这颗"心的分量"有增还是有减，同时也更谈不上惹来烦恼和如何去除烦恼了。这也就是不生不灭、不诟不净、不增不减的境界。这也就是我们在前面介绍的慧能的偈子"本来无一物，何处染尘埃"的真正意思。

有人也许会说:"死了"又何谈心的恒定,"死"又怎么放得下。

是的,执着于"放下"也是一种"执着",也是"苦"。不过,即使"放不下"、就算"放不下",又为何不能"平静"对待呢?

蛇足

在日本的世界遗产中,位于东北地区岩手县的、以"中尊寺"和"毛越寺庭园"为主体的"平泉世界文化遗产"是比较特别的一个。因为她不仅是单纯的佛教信仰文化历史文物,更是人类用"实际"创作手法表现了佛教"净土"("天国")构想的稀有之作。净土、天国、天堂这类概念,大概哪个国家都有,但用具体的,而且是大规模的庭园形式表现出来,恐怕在世界上是非常少见的。

11世纪末、12世纪,日本东北奥州藤原家族经过四代藤原清衡、藤原基衡、藤原秀衡和藤原泰衡的努力,以雄厚的经济实力为后盾,才建起了这片"净土"。据

(毛越寺净土庭园一角)

说当时的平泉,其繁荣程度毫不比天皇的京城京都和将军的幕府所在地镰仓逊色。

然而,平泉却几乎是在"一瞬间"没落了。

这里面有一段历史故事,我们这本书和历史没什么关系,所以,我以最最简单的笔墨给大家介绍一下。

12世纪末,日本的第一个幕府镰仓幕府创建之前,日本政治的中心在京都,是以天皇为中心的贵族政治,历史上一般称之为"朝廷"。朝廷的贵族们以地方庄园经济为后盾,过着悠哉游哉的享乐生活,但是,朝廷虽然掌握着政治,却没有掌握军权。当时,构成军队的主体武士们散在地方各地,归属于大大小小的武士头领。当朝廷的权力斗争激化到一定程度,不得不靠武力解决的时候,贵族们便到地方寻求武装力量的支持。在争斗中,最初脱颖而出、成为武士大头领的是"平家"。平家的平清盛解决了朝廷纷争,并以军事力量为后盾,逐渐把持了朝政。然而,平家在把持朝政之后,迅速贵族化,失去了武士的特色,逐渐失去了一部分武士的支持。这个时候,镰仓的源氏家族逐渐强大起来,以源赖朝为首领的源氏力量得到各地武士的支持,发兵打败了平家和天皇朝廷势力,掌握了实权。

但胜利的源氏却没有当天皇(皇帝),这也正是中日两国最不同的地方。日本的天皇和中国的皇帝不一样,天皇在精神上是绝对的至高存在、是国家的象征,换个说法就是:是不能推翻的。于是,源赖朝在镰仓建立了日本历史上第一个幕府,并强迫没有武装力量的朝廷封自己为"将军",实际操纵国家管理。天皇朝廷的实力和实权被大大地削弱，日本实际上出现了两个政权。两个政权当然有冲突，也有默契，其实是在权力平衡中取得了共存。日本后来的室町幕府，以及大家都非常熟悉的江户幕府，其实都是这种形态。

但创建镰仓幕府的源赖朝在打仗方面却不是一个身先士卒的人物，真正上战场率领军队大战的，是他的弟弟，号称常胜将军的源义经。天下打下来了，幕府也建立了，可源赖朝和源义经兄弟却反目成仇——当然，这也是历史上非常常见的套路了。弟弟再能打，也斗不过已经掌握政权的哥哥，结果源义经被追得四处流窜。但是，面对幕府将军，又有哪个地方势力敢于收留他呢？

你别说，还真有一个。那就是奥州藤原氏第四代藤原泰衡。藤原氏收留了源义经，等于公开和幕府朝廷对抗，结果在幕府发兵征讨中战败，藤原泰衡不仅自己战败身亡、不仅失去了自身的荣华富贵，还以整个宗族为陪葬，同时也失去了四代构建起来的基业、失去了平泉的繁荣……

去平泉旅游的时候，站在藤原氏家庙前，我不禁感慨万千。

舍生取义的"义"是什么呢？

（中尊寺弁庆堂，供奉的是源义经和他的忠实武士弁庆）

藤原氏以数代基业和万千宗族的生命要保护的又是什么呢？他得到了吗？千年后，无数各国游客在这里凭吊他们，这一点他们预测到了吗？难道这一点也是他们所追求的一部分吗？

　　如此轰轰烈烈的历史事件，和我这种平民百姓是没有关系的。真正的"舍生取义"也大概和我这种羸弱书生没什么缘分。我之所以会有这么多的感慨，是因为当时自己正处于一种很相似的境地。

　　当时我所在公司的社长突然没有经过人事部门，也就是说没有经过正规程序，便决定雇佣一名基本上只能算是处理杂物的女事务员。说实话，就我们那个只有百十来人的小公司，持有百分之八十股票的社长就算"一意孤行"地雇佣个把人，也根本算不上什么事儿。

　　但是，有社员反应：这位女性刚来日本才半年，虽然日语能说，但在日本工作的常识基本等于零，比如穿着齐腿根儿的短裤和透胸罩的汗衫便来上班，这在日本公司是不可想象的。而且在她将要负责的工作方面，也是一个百分之百的新人，需要公司从零教起。"同样的工资，差不多可以雇一个成手，为什么要花几百万的培养费来雇新人？"之类的意见反映到人事部门。

　　而我当时正是人事部门的负责人。

　　其实，我对社长的这一突然决定也持有疑问，因为公司刚刚开会决定：今后尽量雇佣日本人，完成"外国公司"向日本公司的转型，很显然，社长的决定和公司的大方向不合；而且培养一个事务员要花几百万，也和公司长期以来的节约原则不合。更何况，这类事务员在日本遍地都是，绝对是公司的买方市场。

面对这种情况，在已经有社员反对的情况下，我这个人事部长"只好"着手作了一下调查，调查结果却让我大吃一惊。

对于这一雇佣，不仅公司管理层几乎人人反对，（当然社长除外），就连将要成为这位女事务员上司的开发部部长也持反对意见。还不止如此，在大家眼里，这件事情已经成为社长"一意孤行"的一个典型例证，如此下去，这一雇佣将会影响社长的威信，甚至会影响公司的凝聚力。

有鉴于此，我便以人事部部长的身份正式向社长提出了"反对"意见。可没想到，社长态度坚决，一定要"雇佣"。这下可好，在公司已经闹得尽人皆知的情况下、在人事部门正式提出反对意见的情况下，这件事情的处理结果已经开始演变为涉及到我这个人事部部长的威信乃至饭碗的程度了。

在社长绝口不谈"一定要雇佣"的理由的情况下，我只好做进一步的调查了。似乎是一位比较重要的客户向社长推荐了这位女性——如果是这样，那就好理解了：为了拉住一位重要的客户，雇一两个人，实在算不了什么，而且以前也有过——可是，进一步调查显示，那位客户和这位女性并不熟，只是在几个月之前，在工作中略有接触的程度。换句话说，雇佣还是不雇佣，根本不会涉及客户的心情或面子。而且那位客户是大企业部长出身，并不了解中小企业的成本管理之道。最重要的是，那位客户和我们的社长都没有了解到一个重要信息：那位女性自己根本没有成为我们公司社员的打算——这岂不是花几百万培养，最后还要鸡飞蛋打一场空嘛！

我"很有自信"地反复多次向社长提出"反对"意见，没想到社长却态度坚决，我每次都被否定了。

琐事写了这么多，也许大家早就看腻了吧。

我只是想告诉大家我在参观平泉的藤原氏家庙时的心情。

我没有藤原氏的地位，自然也不会面对以一族人的身家性命，以几代的基业为筹码的艰难抉择。我没有藤原氏的魄力和胆量，也不面对"舍生取义"的场面。

然而，我这个小百姓，是否应该拿自己的"饭碗"来"死谏"呢？

抑或是放弃自己的责任，看着社长的脸色来行事呢？

人生为什么总要面对"抉择"。

况且，也许社长是对的，看到了我看不到的"人的才能"和"公司的发展需要"。

其实，谁对谁错也许并不重要。

其实，我在给大家讲经的时候，也在努力寻找着自己的"平常心"。

是故空中无色，无受想行识，无眼耳鼻舌身意，无色声香味触法，无眼界乃至无意识界。

我们的 6 个感觉器官称为"六根"，"六根"活动的环境称为"六境"，而六种"心"的活动状态又称为"六识"，"六根、六境、六识"合成"十八界"。

十八界：

六根	眼界	耳界	鼻界	舌界	身界	意界
六境	色界	声界	香界	味界	触界	法界
六识眼	识界	耳识界	鼻识界	舌识界	身识界	意识界

很显然,这句话讲的是"空"中没有"十八界"。

单从字面上来看,经中的这句话和前面讲解过的"色不异空、空不异色、色即是空、空即是色"几乎是相同的。但实际上,两句话所指的层面不同。

"色不异空、空不异色、色即是空、空即是色"——这是为了理解、修炼"空"的概念所做的说明,或者可以进一步说成是:要达到"空"的"工具"。

"空中无色、无受想行识、无眼耳鼻舌身意、无色声香味触法、无眼界乃至无意识界"——这是对"空"的境界本身的说明,或者可以说成是:这就是达成"空"这个目标后的状态。

打个比喻,比如我们要去顶楼,那么前者是去顶楼要乘的电梯,而后者则是顶楼的样子。

世界上的几大宗教有相同处,也有不同的地方。相同处,比如几乎所有的宗教都劝人要"去恶从善";而不同的地方的代表之一,就是对"死"、对"来世"、对"幽冥"的信仰。

儒家:孔子说"不语怪力乱神",所以,纯正的儒家直接谈论黄泉、幽冥的地方并不多。而且儒家最讲究孝道,所以儒家重视的是子子孙孙的延续,而不是死后灵魂怎么处理。

道家:追求长生不老,自然是极力避免"死亡"。但同时道教还创出了三重社会构造:神仙"居住"的天国,人类生活的凡世，鬼魂聚集的黄泉。只不过，关于这个理论，有三点需要强调一下：

第一，黄泉的"管理者"是神仙序列，比一般人的鬼魂地位要高得多。

第二，天国、凡世、黄泉都是和现实社会一样的等级社会，换句话说，都是人类社会的翻版，神仙也有高低贵贱，所以，在道教里面是没有众生平等的概念的。其实，儒家是用"孝道"来强调"忠君"，也是绝对的等级社会。因此，中华传统宗教里面是不大重视"平等"这个概念的。

第三，人类是没有力量往来于天国、凡世和黄泉之间的。

基督教：有天堂、有炼狱、有地狱，但上天堂还是下地狱，其判断"标准"却是人类的道德，所以，基督教讲求"忏悔"。

关于佛教，特别是在东亚流行的大乘佛教，我们在后面还要展开来说，和其他宗教的比较，我们在后面也还会提及。但是我们知道，佛教可不拘泥于"人世道德"，更不讲求"忏悔"，佛教诲我们"放下屠刀、立地成佛"，为什么能做到这一点呢？

再说，天国也好、天堂也好，小说呀电视里描写得花团锦簇、极乐无限，可到底是什么样呢？到底又是怎么个快乐法儿呢？谁也没见过，当然更没有人体验过。但佛教不同，因为《心经》在这里已经明确告诉了我们：心安处即是净土，净土也就是心安。

"空"就是我们每一个人的"天堂"，而这个天堂却不是遥遥不可及的，就在我们身边。也就是说，我们不用去外面寻找，就在我们的日常生活之中，就可以到达"天堂"。

无无明，亦无无明尽乃至无老死，亦无老死尽。

据《阿含经》记载，佛祖在悟道之后，为了验证自己悟到的解脱烦恼的方法是否正确，按照顺序、分十二个步骤重新考察了人类产生"苦"的因素。这十二个"步骤"就是所谓的"十二缘起"，也叫"十二支缘起""十二因缘"等等。

十二缘起按照顺序分别是：

无明：过去世的无始的烦恼。昏昧迷茫。

行：促使物事形成其结果的力。业。

识：差别心的本原。

名色：物质与精神，形与名。

六处：眼耳鼻舌身意。

触：感觉器官与外界环境的接触。

受：通过触得到的感受。

爱：渴爱。

取：执着。

有：存在认识。

生：生。

老死：老与死。

很明显，《心经》这句话是利用十二缘起的第一个"无明"

和最后一个"老死"来代表"十二缘起"——"空"中没有产生"苦"的十二缘起,当然也就不存在十二缘起何时产生、何时消亡的问题——这是一个超越了"出现"与"消失"的永恒的世界。

关于《心经》的这句话,除了上面介绍的这层意思之外,我们有必要再扩展、延伸一下。

首先,十二缘起是一个认知的过程,也就是行动过程。所以我们可以得知,"空"是不需要论证过程的。"空"不是逻辑推理,"空"也不像数学公式那样,要一步一步地来,最后得出正确答案。"空"是可以一下子跨越整个过程的。基督教要想当上大主教,得一步一步、按部就班地论资排辈;儒家、道家也是如此,不要说在教内的地位,只是要成为硕学高士,至少也得十几年的寒窗苦读。可佛教、《心经》教给我们的不同,灵感闪现、一朝悟道,你就可以和高僧大德比肩了。这就是所说的"顿悟"、所谓的"直指人心"了。

更重要的是,没有过程,那自然也就没有了"过程"的结束,换句话说,也就不存在"过程"与"结果"之间的分界线或转换点。这也就是超越"生"(出现)"死"(消失)的境界,这里是"一片空明"的浑然一体。

前面我们介绍过神秀和慧能的偈子和主张的不同,现在我们知道,神秀强调的是"渐修",慧能主张的是"顿悟"。其实,这两者之间是没有对与错、优和劣之分的,渐修是顿悟的积累过程,没有渐修也就缺少了顿悟的基础和机会。但同时我们不得不说,渐修和顿悟是两个不同的"世界",渐修要靠逻辑、要靠理论、要靠智慧,这是一个层次分明、构造严谨、条理清晰的世界;而顿悟的世界则不同,超越了层次、构造和条理,超越了逻辑、理论和智慧的运用,是一个不必刻意去用心思考、分析的世界。

也许有人会问:"空"的世界没有开始也没有结束,没有"头"也没有"尾",没有逻辑也没有层次,没有"高"也没有"下",那么,在"空"的世界,干什么呢?

这是一个非常重要的问题,我们在下面马上就要说道,在这里先只强调一点:"空"不是最高境界,上面还有"一重天"。

第二,以"无明"和"老死"来代表十二缘起,这是不错的。但是,《心经》在这里单独拿出"无明"和"老死"来说话,其实还有另外一层意思,让我们一起来看看。

"无明"有很多意思,比如我们日常生活中经常用到的"无明之火",指的是"不可名状"的意思;而更多的时候则是作为专门的佛教用语使用,比如"一念无明"就包括"见、欲、色、有"四种住地烦恼,等等。不过,"无明"最直接、也是最初的意思应该是"昏愚",没有智慧,也就是无智无觉的意思。

"无无明,亦无无明尽"——在"空"的世界里,没有昏昧,不会因为智慧不够、IQ 不高就无法"悟","悟"不分高低贵贱,也不分聪明与否。同时,领悟了"空"也不是说人就变聪明了,IQ 就上升了,"空"也不是知识的增加,"空"是超越了这些的大智慧。

说到根本,《心经》在这里是否定智商、IQ、知识丰富、聪明等等所谓的一般意义上的"智慧"的。我们在前面明确说过,要学习佛法、要领悟《心经》,是需要智慧的。但是,如果你认为只要头脑聪明、知识丰富,读通了典籍、明了了佛教理论,就能"空"了、就能"悟"了,那你可就大错而特错了。理论、知识、聪明才智永远只是辅助性的手段,不是"悟"本身。即使把理论说得头头是道,可心里却没有"空"下来,那永远也"悟"不了。

大学佛学科的教授,在佛学知识上可能学富五车,但却未必是大德,未必有"悟"性。

第三,"无老死、亦无老死尽"——"空"的境界里没有生老病死,超越"老死"是"空"的境地,但是,执着于"超越老死"也是一种苦,不是"悟"。

在电影里你也许看到过这样的场面吧:高僧坐化成佛,金身不腐,信者顶礼膜拜。其实,现实中追求这种"即身成佛"的高僧很多,而《心经》在这里告诉我们,这也是一种没有看"空""老死尽"的表现,也是一种执着、是一种"苦",不是"空"的真谛。

而这种追求"即身成佛"的现象在小乘佛教里尤为突出,是大乘佛教所不赞成的。这么说,可能会让很多人觉得糊涂:我们学佛,跟着佛祖走,自然想成佛,怎么说来说去"成佛"又不对了呢?

这听起来确实有点儿像悖论。所以我们有必要整理一下:

《心经》教给我们的佛法是要追求一种永恒的"心"的宁

静安乐。我们称之为"悟"。

要"悟"首先要"空",领会"空"、看"空"、做到"空",既是方法、也是目标。所以,我们说"空"是一个境界。

而"空"的最重要的要素就是放弃"执着"。不管你的执着是"正能量"的还是"负能量"的,不管你的追求是崇高的还是卑微的,有了"执着"也就不是或者说做不到真正的"空"了。

那么,我们想达到"空"、追求"空"的这种做法不也是一种"执着"吗?

那么,岂不是我们越想"空",也就越得不到"空"嘛。

是的。这就是悖论的症结所在,也正是佛家强调顿悟、强调灵光一现,而不强调逻辑推理的原因所在。

也正是因为这个原因,《心经》在论述上才会给人一种循环重复的感觉。因为《心经》为了解开这个症结,采用了先从正面说,然后再从反面否定的论述手法。

比如《心经》首先教导我们要"空""色",然后要"空""受想行识",再接下来就是"空""生死"了。而要理解、领会这些,是需要我们的知识和理解力的,也就是需要智慧的。但是,真正"空"的本质是放下一切的一切,包括理解能力和智慧。

于是,到了这里,《心经》开始采取反证的手法了。"无无明、亦无无明尽",实际是在否定"智慧",我们不妨称之为"空智"。而"无老死、亦无老死尽"则是在否定对"空和悟"本身的执着,我们不妨称之为"空空"。

《心经》还会一直"空"下去,让我们接着看看下一个要"空"的是什么。

无苦集灭道，无智亦无得，以无所得故。

"苦集灭道"又称为"四圣谛"，是指佛祖悟道时感悟到的内容。

"智"则是指因悟道而得到的智慧。

"得"是指得到了"悟"之真谛。

"所得"则是指"悟道"本身。

我们要学佛，那么追求的最高境界，或者说"目标"到底是什么呢？到底又在哪里呢？

不是"佛祖的话就是至上真言，就是命令，就得奉行不一"。

不是"佛祖悟到的内容我们也要去寻找"。

不是"悟道"本身，也不是"悟道"行为。

因为我们追求"悟道"，就会陷入执着，就偏离了正道。

甚至我们上面问的"目标是什么"就已经偏离了正道，因为设定"目标"就陷入"执着"了。

不是说"悟"了我们就能看到什么天堂世界。

不是说"悟"了就能获得什么至理名言。

不是说我们按照佛祖的做法做就能"悟道"。

不要去佛祖、菩萨那里去寻找真谛。

不要去经典里翻寻真谛。

不要去高僧大德那里去询问真谛。

因为这一切,佛祖、菩萨、高僧、经典,包括我们探索真谛的"心"都该放下,都该看"空"。

因为真谛就是"空",不在别处,就在我们心里。

在这里,《心经》已经是在"空""悟"、"空""佛"了。

禅宗奉行的不立偶像、不立文字,公案里的嬉笑怒骂、诋佛毁经等等惊天狂言都是这个原因,都是为了让我们理解"真谛"就是"空"的极端手段。

蛇足

"永恒"!

什么才是"永恒"?什么才能"永恒"?

我们每一个人都或多或少有那么一点儿"收藏欲望",录像带要翻刻成 DVD 或 LD,老照片要翻拍成数码、要保存到硬盘里。我们每一个人是不是都或多或少地有追求"永恒"的心思呢?

从这个角度讲,追求"永恒"、体会"永恒"绝对是一种幸福。

然而,什么才会"永恒"?

青史留名吗?

信念吗?

精神吗?

信仰吗?

也许这些从某种意义上讲,是一种"永恒",我不知道。

但我知道的是，有时候这种"永恒"也会"绑架"我们。

大约十六七年前吧。去杭州参加一个茶文化交流会。会后转了一下纪念品柜台，看中了一款紫砂壶，虽说不是什么名家名作，但样式蛮可爱的。可一看价格，竟然高达3000元。——交流会有大量的外国人参加，这大概是"对老外"的价格吧。

看到我在那儿犹豫，店员过来搭话。

"有点儿贵了，能不能便宜点儿？"我问。

"茶人嘛，讲究无欲，不应该斤斤计较的。"店员理直气壮地说。

——喂！有没有搞错，你们可是茶文化交流会的主办方，难道"无欲"只对客人、不对自己吗？

也许就是因为这么一句"绑架"人的话吧，最终我也没买。如今，那款紫砂壶长什么样，早就忘了，倒是店员的那句话和这件事儿让我记忆犹新。

十六七年过去了，可"绑架"行为却似乎愈演愈烈。

去寺院拜佛，本来成本8毛钱都不到的一束香，卖——

8块——这年月竞争多激烈，我们这不还得给人家寺院交场地费不是；

80块——嫌贵？求佛得诚心，不能考虑钱，跟佛斤斤计较，那就不灵了；

800块——信不信佛？信吧！信则灵，信多深就得花多钱。看咱这香，保证您心想事成、有求必应！

利用别人的信仰"绑架"别人，比真正的强盗、绑匪还要可恶得多，因为他们永远以一副"公正严明""义正词严"的嘴脸出现，而这类人的泛滥正是社会道德沦丧的代表之一。

就说坐车"让座"这么一件我们日常生活中的小事吧。明明健康而有体力的所谓"老人"，不管对方身体如何、状态好坏，强行要求对方"让座"，甚至和同行者用语言侮辱对方乃至大打出手。而这些人大都是在用"尊老爱幼"的"孝道"绑架对方乃至绑架社会舆论。

我在日本也有过一次特殊的"让座"经历。

日本的电车在上下班高峰时间段，其拥挤难受的程度实在不是语言能形容的。经常一只脚站着，另一只脚却找不到落脚之处，用不了两三分钟，就得靠旁边的人来支撑自己的体重了；有时候，脸被挤得贴在车门玻璃上、压得扁平，下车后好一会儿印痕都消失不掉；有时候，手和公文包卡在两个人的屁股之间，硬是抽不回来……所以，很多人宁可在站台上多等十分二十分钟，等下一辆，或下下辆车，以便有个座位。

那天我很幸运，在始发站"拣"到了个座位。可发车后偶尔一抬头，却发现自己面前站着两位老人，估计没八十也得七十大多。疲惫之中，虽然很不愿意，却还是站起来准备让座，这个时候，老爷爷说话了："小伙子，我们是出去玩儿回家，你们工作一天了，比我们辛苦，还是你坐吧。"

一句普普通通的话，让我现在想起来还觉得暖和。

前面我们多次提到的日本巡礼中的那些古庙，虽然同列为

"灵寺"之列，但各个寺院之间经济上的贫富差距却非常大。我并没有逛全所有的"灵寺"，但已经足够体会到其贫富差距的程度了。有一

（镰仓长谷寺的门票出售已经完全电子化了）

处比较穷的寺院，通往内殿的道路已经有些原始森林化了，我和妻子去参观的时候，走到一半、怕前面有危险，就折返了；而比较有钱的寺院，售票处、停车场已经完全电子化，甚至寺院的厕所的所有设备都是最尖端的，而且还装备有拥挤程度显示屏幕，至于庭园、建筑等等就更不用说了。

造成这种贫富差距的最主要的原因，应该是地理位置。交通便利的，自然游客便多，收入也就高些。但是，不管贫还是富，各家寺院的收费标准却大都相差无几。

门票：免费～300日元

香烛：100（大约6元人民币多一点儿）～200日元

求签：100～300日元

法事：3000～5000日元起

（附加说一句。日本大学毕业生的起薪大约是每个月19万日元左右）

各类护身符类纪念品：以 500 日元、800 日元价位居多，最贵的一般也不会超过 2000 日元。

也就是说，再有名、再有人气的古刹大庙也不会乱收费。比较"富"的寺院，之所以能够富起来，绝对不是靠乱收费，而是靠其独到的、有特色的经营开发手法。

（镰仓长谷寺地下洞窟内的"捐供养佛"）

最常见的手法是，寺院的扩建、改建等等都以"捐公德"的方式集资，一座石塔多少钱、一棵树、一个台阶多少钱，都是靠捐款。修好了，刻上捐款人的名字，捐款人也由此可以长伴佛的前后，得到一份功德和一份供养后的祥和心境。东京都附近的高尾山在这方面做得就比较到位。

（镰仓长谷寺的"捐地藏菩萨"）

其他的手段还有很多。比如，在一块小石头上刻上恋人或家人的名字，然后供在寺院的山洞或殿宇里，给恋人们一个祝

（日光中宫祠的"男体山登山排行榜"）

福。比如，以"灵山"为供养神的寺院，便颁发一种木制的登山纪念牌，然后又在大殿前面设置登山次数排行榜，为参拜和登山助兴的同时，也增加了寺院的收入。

"信仰"之永恒，也需要经济做后盾，但必须"取之有道"。

菩提萨埵，依般若波罗蜜多故，心无罣碍，无罣碍故，无有恐怖，远离一切颠倒梦想，究竟涅槃。

菩提萨埵就是菩萨的意思，其中"菩提"是"祈愿所有生物幸福"的意思，而"萨埵"则是指"祈愿实施者"。——菩萨依照"般若波罗蜜多"这个真谛得以心无挂碍，因为心无挂碍而没有恐惧，也远离了一切颠倒错乱，终于修得"涅槃"的奥义。

"般若波罗蜜多"到底指什么？就是"空"吗？

"涅槃"又是什么，是"死"而成正果吗？

不，"般若波罗蜜多"不是"空"，是比"空"更高的一个境界。"涅槃"也和"死"没有关系。

比"空"还要高的境界——"般若波罗蜜多"到底指的是什么呢？又和"涅槃"有什么关系呢？

还是让我们再往下看一段经文吧。

三世诸佛、依般若波罗蜜多故、得阿耨多罗三藐三菩提。

三世诸佛指的是分别"负责"过去、现在和未来的"过去佛""现世佛"和"未来佛"。

"阿耨多罗三藐三菩提"可以翻译成"无上正等正觉"。

三世佛也都是依照"般若波罗蜜多"而得到了"无上正等正觉"。

"涅槃"有很多意思。

我们通常会觉得"涅槃"和"死"有关系。其实，这个想法并没有错，在"涅槃"诸多的意思之中，有一个是专门指"如来之死"的。但"涅槃"最常用的意思和"悟"很相似，可以翻译成"证"或"觉"。而"涅槃"最原始的意思是："吹灭"或"吹灭后的寂灭状态"——"吹灭"的是什么呢？——是世间的"烦恼之火"。

还记得"凤凰涅槃"吧，是一定要浴火之后才能重生。

《心经》在这里用的正是"涅槃"最本原的这个意思——

领悟了"空"、超越了"生死"还不是最高境界，最高境界是：用这个智慧扑灭世间各种烦恼之火，拯救世人于苦难，共同达到"常乐我净"的净土。

如果说"悟"是个人修炼的话，那么"涅槃"就是修炼成功之后回到世间、行善救人。把"涅槃"翻译成"证"或"觉"，"证"是"证道"，"觉"则是"让世人觉醒"的意思。

而"般若波罗蜜多"则是实现涅槃的能量。

"般若波罗蜜多"＝"空"（"悟"的智慧）＋慈悲心怀（兴善拔苦）

已经领悟到这个世界是"空"、已经超越了"生死""烦恼"、已经达到了"空明"的人，要想普度众生，就必须得"回到"并"立足"于还不了解"空"为何物的俗世间。而正因为世间还不知道"空"为何物，所以世间是污浊的，也是充满苦难的。对于悟道者来说，是从"净土"涉足"浊世"，这种"回归"是需要不怕恐惧的大勇气和慈悲心怀的。

所以《心经》在前面才会说：依般若波罗蜜多故、心无罣碍、无罣碍故、无有恐怖、远离一切颠倒梦想。

故知般若波罗蜜多，是大神咒，是大明咒，是无上咒，是无等等咒，能除一切苦，真实不虚。

这句话非常好懂，似乎不用做太多的说明。

"等等"是没有可以相提并论的意思。另外,"咒"又叫"真言",一般指神佛的语言,通常认为通过念诵真言向神佛祈祷,就可以得到灵验。

正因为"般若波罗蜜多"既是"空"的大智慧,又包含有普惠世人的慈悲之心,同时还必须具备"重返浊世"的勇气,所以才称之为最神明的咒,无上的无可比拟的咒吧。

但是这里有一个很重要的问题,不知道大家注意到了没有?

那就是,我们已经介绍了,"般若波罗蜜多"是"悟"和"慈悲",但是前者是一种境界,而后者则是一种品质,也就是说,这两者都不是方法论。那么,又该如何去实践"般若波罗蜜多",也就是该如何扬善去恶、普惠世人呢?

这个问题我可回答不了。我就算慈悲心多少还有一点儿,但自己离"悟"可差了何止十万八千里啊。

也许有人会说,获得"无上正等正觉""涅槃""普惠世人"等等这些都是菩萨和佛的事儿,和我们凡人有什么关系。但稍微想想就会知道,《心经》给我们讲这些,不正是希望我们在佛和菩萨的引领下去修炼、去学佛嘛,而学佛的最高境界不正是"涅槃"、是普惠世人嘛!不正是佛刚刚教诲我们,不要停留在小我的、个人的"悟"上面嘛。

那么,到底该如何"涅槃"(当然,这里的涅槃指的是普惠世人之意,可不是"死"的意思)呢?到底有没有方法论呢?

答案是:有的,而且有两条。

第一,先人后己。

前面我们已经说过,"空"绝对不是"非日常"的,悟道的人也依旧会活在日常之中。佛、菩萨以及大彻大悟的高僧们拯救世人的时候,也绝不是高高在上地站在别的世界,毕竟还是要"回归"到我们凡人的日常里。观音菩萨不就是以36变化的身姿,时时出现在人世间,给我们带来福泽嘛。

所以,普惠世人的"涅槃"也就在我们凡人的日常之中。而且,按照我这个凡人的想法,普惠世人大概可以笼统地分为两类:

一、教诲、引导世人走上悟道之路。

二、在世人的生活中扬善去恶。

那么,"扬善去恶"的标准又是什么呢?自然也是人类最本初的道德标准、行事准则。只是想来,悟道者已经看"空"所有一切,自然已经没有执着、没有私欲,所以他们可以以"公正而平静"的心去把握标准与准则,平和地面对、处理世间的俗事。

可是"人"因为民族、信仰、社会成分、经历、环境等等的不同,道德标准也会不同。而且俗世的"因果"也未必就是"善则善、恶则恶"那么简单。比如,一个人从山上摔下来伤得奄奄一息,慈悲为怀的高僧不管这是怎样的一个人,都一定会救治的,但是伤好后这个人却凶性大发,杀人越货。单从结果上来看,高僧做了一件好事,却带来了恶果。

不过,这种"因果"高僧却不会去管、也不会在意的。

因为作恶之人自有自己的因果报应,高僧只是做自己认为该做的。

综观佛门记载、高僧行录,大致可以得出他们做事的大原则，其实只是四个字：先人后己，或者说是：舍己为人。

第二，"悟"有高低、"涅槃"有大小。

其实说白了，不是说只有大彻大悟、悟得通天彻地的人才能惠及他人，当然，"涅槃"也绝对不是佛、菩萨、高僧大德们的专利，悟一点点就贡献一点点儿，能惠及他人一分力就出一分力。我想，这应该是佛、菩萨最想看到的。而且，这不正是最好的学佛修行嘛，而这种修行也许要比天天去啃佛经还要有效得多吧。正所谓"读万卷书不如行万里路"。

"救人一命胜造七级浮屠"，说的也是这个道理吧。

故说般若波罗蜜多咒，即说咒曰："揭谛，揭谛，波罗揭谛，波罗僧揭谛，菩提萨婆诃，般若心经"。

《心经》在最后给了我们一段"咒"。诵读真言"咒"，一可以得到佛门的佑护，二可以坚定向佛之心。不过，按照惯例，"咒"是不翻译的。所以，我们读解《心经》似乎也可以画上一个句号了。

不过，每次看到"咒"，我总会不自禁地想起下面这个笑话：

说是基督教的大主教有客人来访。主教陪着客人边走边聊，侍者跟在后面，听到客人说：我们可以出五千万美元，您再考虑考虑。

可大主教却坚决地摇了摇头。

"一亿美元怎么样？"

大主教还是摇头。

最后金额涨到了五亿美元，可大主教还是没同意。客人只好悻悻地走了。

客人走后，侍者忍不住问大主教："那位客人求您什么事儿啊？怎么五亿美元您都不同意呢？"

大主教缓缓地说道：他要我把弥撒之后的"阿门"改成"可口可乐"。

笑话总归是笑话，只是有些对不起可口可乐了。

不过，钱不是万能的，有钱人可千万别太把自己当回事了。有权有势有地位的人亦复如此。

心如止水，心灵的恒常不变才是最高的快乐境界。强调我心不要被外界影响、为外界所动。强调无欲。作为一种修行手段，当然也是追求的修行的结果，要求把自己的心放"空"，要远离欲望、远离追求、远离执着，要平和地面对周围的一切，不喜不怒、不骄不躁，作为其极致表现，要放弃对目标的执着，放弃追求进步的执着，甚至放弃对思索的执着。

从语言字面上来看，这岂不有些"荒唐"，甚至是"岂有此理"。岂不是要回归蛮荒，要碌碌无为，要逆来顺受。

但有一点最重要的东西不要忘记：佛说的"空"与"心如止水"是"看穿一切之后"的境界，这是心灵的"返璞归真"。不是无知无觉、懵懵懂懂，而是大智大觉，这就是"悟"，是《心经》的要谛。

敬　畏

关于日本人的宗教信仰，有这样一个典型笑话：

说日本真是一个神秘的国度。

为什么呢？

因为日本传统宗教神道的信者有1亿2千万人。

日本佛家信者有9500万人。

而你如果搞一个问卷调查，问：你信什么宗教？

会有一半左右的人答复你：我没有宗教。

那么，日本一共有多少人口呢？

你也许会回答：大约4亿人。

错！

因为日本一共只有1亿2千万人左右。

日本真是一个神秘的国度。

其实，这个笑话完全可以套用在中国人身上。

从传统的道教、儒教，到从国外引入的佛教、基督教、伊斯兰教，可供我们选择的信仰实在是太多了。但到底哪一个成了我们一般民众的真正的"信仰"了呢？

很多学者指出：中国人没有信仰。

原因很简单，那就是任何一门宗教、任何一种信仰在我们这里，都被实用主义观念所同化了，宗教信仰的绝对价值观被淡化，实用主义的利害判断被无限制地扩大，各种宗教信仰作为形式都完好地存在着，但实质上，很大程度上都被同化到了"经世哲学"和"行为准则"体系里面去了。

而且，这种传统由来已久。

就说上古的"百花齐放、百家争鸣"。春秋战国时代，各种思想横空出世、争相斗艳。但从几乎所有门派都争相游说各路诸侯的行为中就不难看出，各种学说瞩目的是"如何为王者所用"，瞩目的是"入世"之道。"百家争鸣"与其说是"信仰"的争鸣，不如说是"经世之道"的争鸣、是"体制优劣"的争鸣。

到了汉代，"罢黜百家、独尊儒术"。好一个"术"字了得，几乎近于实用方法论了。儒家的"孝"与"礼"直接构筑了宗法制度，成为中国几千年社会最基本的构成体制和最基本的道德标准。谈"孝"与"礼"乃至儒家的诸多概念，是为了统治，是为了社会构成的安定，而几乎可以断言：不是为了"信仰"。

有没有信仰并不是人生最重要的事情，世界上没有信仰的人不仅很多，而且绝大多数都活得很快乐、很有"意义"。但是，因为信仰往往会提供一种"绝对价值观"，信仰往往也是一种"行为抑制力"，所以没有信仰的人相对容易突破道德底线，或者说没有道德底线，一旦朝着"负"的方向走，相对容易走上极端，是很可怕的。

我们反反复复强调"平常心"，那么难道做尽恶事，只要做恶事人的心波澜不惊，是平稳平静的，难道就是我们期盼的"平常心"吗？

很显然不是的。

就说佛家常说的"慈悲为怀"吧,具体表现形式有很多,比如"放恶人一条生路",这就是一种"平常心"的表现。实际上,"慈悲"从概念上讲,"与人乐"为"慈"、"拔人苦"为"悲",也就是说,"慈悲为怀"也是建立在"行善、积德"这一理念之上的。

世界上主要的宗教都是劝人行善的。这也就是我们前面所说的宗教的"抑制力"。

那么,对于没有宗教信仰的人,其抑制力又在哪里呢?

"平常心"是以正常社会普遍价值观为根基的,是社会正常伦理道德之上的一种"平静的心态"。社会伦理道德是一种"抑制力",只是这一"抑制力"很脆弱,社会整体道德水准下滑、甚至沦丧的时候,很多人就会丧失道德底线,做出"非人"的事情。

"人"的是非判断、从善从恶的行为取向、大节小节的价值取舍,单靠社会公德来约束,有点儿悬。

在没有宗教信仰的情形下,还有一点就显得很重要起来了。

那就是"敬畏之心"。——也就是我们谚语中所说的"头上三尺有神明"。

和我们差不多,也没有宗教信仰,稍微严密一点儿的说法是"没有专一的宗教信仰"的日本,在"敬畏"这一点上,有一些很有意思的传统:他们把宗教"日常行为化",然后在这类"行为"中时时强调"敬畏"之心。

下面我们一起来看几个这方面的具体例子。

1. 茶道

以千利休为创始人的日本抹茶道，处处体现出一种修禅的味道。比如很多茶道门派的掌门人，小时候都必须到寺院去修行很长一段时间。比如茶室的庭园被称为"露地"，取佛教逃离火宅的典故，表现一种清凉的、脱离"尘世"的意思。比如，茶会中用的挂轴，便以高僧大德的作品最为尊贵，取其修行之深远。

但其中最有代表性的是"茶室的入口"。抹茶道举行茶会的房间，客人的出入口非常小，高 66 厘米，宽 63 厘米，客人出入时必须低头、弯腰、蜷腿、收肩才能进去。特意把入口做成这个样子，是要提醒客人，要忘记俗世间的尊与贵、权与势，是在强调"平等"，但同时，也是在唤醒一种"敬畏之心"。

（日本抹茶道茶室入口）

2. 逛神社

日本的"神道"是日本土生土长的一个比较原始的宗教，

从土生土长这个概念上讲，相当于中国的道教（家）。"神道"属于泛神论宗教，认为身边的一草一木也都有神灵，号称崇信800万神。也许正是因为广泛泛神论的缘故吧，神道没有偶像崇拜，甚至也没有拟人化的偶像，也没有创始教祖，"神社"是神道最直接的具象化体现。

因为"靖国神社"的原因，想来大家在电视上都早已经听惯了，去神社叫"参拜"。我们这里不说"参拜神社"而特意写成"逛神社"，是想说，不管是正式的参拜，还是游玩性质的闲逛，甚至包括在神社

（伊势神宫入口处的洗手、漱口处）

举行婚礼或举办"庙会"等活动的时候，日本人去神社时，是有一套固定的参拜模式的。

比如，在神社入口处要洗手、漱口，这大概可以认为相当于我们的斋戒沐浴吧。

在相当于神社正门的"鸟居"前面要合十行礼。在逛完神社离开时，出了鸟居之后，还要转过身来，再一次合十行礼。

再比如，在沿着被称为"参道"的道路走向神社正殿的时

候,一定要走两边,而不能走中心,因为那是"神"走的路。

所有这些,都来源于"敬畏"。而日本人通过一次又一次地逛神社,逐步把这种"敬畏"根植于人心,父母传子女,世代相传下去。

这种日常中养成的"敬畏"之心,是很有抑制力的。比如宴会喝啤酒喝多了,又找不到厕所,很多人便会就近去树后小便。但即使这个时候,日本人一般来说是一定会避开神社的。

(图为伊势神宫的"鸟居"。日本神社众多,大约有四万五千多家,伊势神宫因为祭奉的是天皇家族的氏族神,所以在所有的神社之中,是规格最高的。)

(图为位于大海之中的日本广岛·严岛神社大鸟居。也是"日本三景"之一的严岛神社的最具代表性的建筑。)

3．巡礼

说起巡礼,很多国人可能很陌生。其实,我们国家的藏族、蒙古族、满族等等,也都有"巡礼"习惯的。考虑到人民财产负担和生产性等问题,这一习惯才逐渐淡了下来。

在日本,巡礼的习惯一直流传了下来,现在也还很有人气。其中,不同的门派还有着不同的巡礼路线和巡礼方法。

下面我们介绍三个比较著名的"巡礼"。

(1)

四国巡礼。又有"四国巡拜""四国遍路""四国八十八个所"等名称。

日本四国岛上一共有88个和空海大师有关的著名寺庙，访遍所有这88处灵异之地，便是一份修行、一份功德。"四国遍路一回游型巡礼路及其独自的巡礼文化"被选为第一批"日本遗产"。

四国巡礼的88处寺院是有顺序有编号的，按从小到大的顺序参拜叫"顺参"，反过来，按照从大到小的顺序参拜叫"逆参"，近年来，还有些人不管顺序，随性而走，叫"乱参"（没有贬义）。整个巡礼的全长大约在1100公里到1400公里之间。最正规的做法是要一步一步走下来，大约要花40天左右的时间。不过近年来，因为工作身体等原因，开车、坐车、骑车巡礼的人有所增加。

有时间的话，你可以从头到尾一次全部参拜完，没有时间的话，也可以一次参拜几个，甚至一个地方，过一段时间再接着参拜。

受四国巡礼的影响，后来又出现了"四国番外灵场（灵异之地、圣地）"、"小豆岛八十八个所灵场"、"御府内八十八个所灵场"等巡礼路线。

按照传统的说法，四国巡礼在服装等方面还有一定的习惯和规矩，这里我们就不多介绍了。这里给大家介绍一个四国巡礼中的必备品，同时也是参拜者一般都会做的参拜行为之一——"纳札"。

（纳札）

（贴在寺院建筑天棚上的纳札）

纳札是纸做的，有点儿像参拜者的"名片"一样的东西。一般来说，"纳札"的正面写参拜者的姓名、地址、参拜日期，背面写想要实现的心愿。每个寺院需要两张，一张交给寺院的"本堂"、一张交给寺院的"大师堂"。

（2）

百观音巡礼——参拜100座供奉观音菩萨的著名古寺。

这一巡礼源于"观音信仰"。"百观音"又可以按照地域分为"西国三十三所（观音圣地）""坂东三十三个所"和"秩父三十四个所"，合为"百观音"。其中"秩父三十四个所"的最后一个，也就是第34号寺院水潜寺是最后一个"结愿寺"。

百观音的寺院都是历史悠久的古寺，各有特色，其中很多还在观光名胜地，比如东京的浅草寺、镰仓的长谷寺、日光的中禅寺等等，交通很方便，来日本旅游的时候，是值得去看一看的。

很多百观音巡礼的人会随身带着名叫"御朱印"或"御影帐"的、像账本一样的小册子，到了一处寺院，便盖上该寺院的印章，表示实现了一处功德，盖满了，也就功德圆满了。

（镰仓的岩殿观音寺）

（3）

熊野古道和高野山巡礼——这是日本神道与佛教相结合的信仰。

熊野古道的很多路段已经被指定为世界文化遗产，而其"起点"又是最最著名的伊势神宫，时间允许的话，是非常值得去的。

"巡礼"源于"信仰"，同时又教给我们懂得"敬畏"。

4．牌位

在中国，现在如果以家庭为单位，保存有家谱的家庭有多少呢？

（熊野古道圣地之那智大社）

没有查到这方面的数据，但估计应该不到 50%。

那么，现在还供奉着祖先的牌位、定期上香上供的家庭又有多少呢？

估计比家谱的比例还要低一些。

其实，我国原先供奉祖先牌位的传统是很浓的。最初是放在自己的居室里面，逐渐发展成

（熊野古道）

为"家庙"，进而形成"宗祠"。因为据说牌位是指引已故的祖先能够找到自己家族的路标，所以在古代，供奉祖先牌位是理所当然的事情。牌位是我们孝道的一个重要象征。

孝道作为儒家的核心内容，已经成为我们社会道德标准的一部分。然而，就是这样的一个道德标准，正在我们生活中逐

渐衰退、消逝……

日本的很多家庭现在还在家里供奉着父母、先祖的牌位，早晚上香、供果供饭，这种行为已经成了生活中的一部分，而且似乎祖先也一直在身边保佑着自己、给自己力量似的。

（日本家居内祖先供奉图片）

这么一个简单的事例并不能说明中日哪国的孝道更强，似乎只能说明中国人越来越不重视一些传统习惯的"形式"了。

但殊不知，正是这种"形式"在告诉我们传统、告诉我们社会的道德之所在，告诉我们"敬畏之心"、对先祖的、对家族的、对社会公德的敬畏之心。而且是时时刻刻在警醒我们。

"无知者无畏"，"无畏"其实就是"无知"。知道敬畏是人的一个基本教养，也是保持"平常心"的一个不可或缺的要素。

写到这儿，这本书就结束了。

看完这本书，如果你现在在心里嘟囔：写得什么破玩意儿啊！——这说明你的"平常心"修为还不够。

开玩笑啦。

让我们心平气和地去对待生活中的每一件事儿吧。

平安是福,无事是福,心静更是福。

能体会到这一点的时候,你应该已经沉浸在幸福之中啦。